40 Adımda

Muhabbet Olsun

Popüler Kitaplar: 55

40 Adımda Muhabbet Olsun

Sema Maraşlı

Popüler Kitaplar, bir HAYAT YAYIN GRUBU markasıdır.
© 2009, Hayat Yayıncılık İletişim, Yapım, Eğitim Hizmetleri ve Tic. Ltd. Şti.
Tüm yayın hakları anlaşmalı olarak Hayat Yayınları'na aittir.
Kaynak gösterilerek alıntı yapılabilir; izinsiz çoğaltılamaz, basılamaz.

Yayın Danışmanı
İsa Bayrak

Editör
Esranur Bayrak

Baskı Yeri & Tarihi	: İstanbul, 2010
İç Tasarım	: M. Aslıhan Özçelik
Kapak Tasarımı	: Ahmet Altay
ISBN	: 978-975-9019-58-7
Sertifika No	: 1206-34-004559
Baskı-Cilt	: Metkan Matbaacılık
	Yılanlı Ayazma Sk. No:8 Kat:1
	Örme İş Merkezi (Kale İş Merkezi Karşısı)
	Davutpaşa, Zeytinburnu-İstanbul
	Tel: 0212 483 22 22
	www.metkanmatbaa.com

HAYAT YAYIN GRUBU

Davutpaşa Caddesi Yılanlı Ayazma Yolu No: 8
Örme İş Merkezi Zemin Kat 34010 Davutpaşa - Zeytinburnu / İstanbul
Tel: (212) 483 10 10 / Fax: (212) 483 09 00
www.hayatyayingrubu.com   hayat@hayatyayinlari.com

40 Adımda

Muhabbet Olsun

Sema Maraşlı

PoPüLER

Sema Maraşlı

Kahramanmaraş'ta doğdu. İşletme ve Davranış Bilimleri Bölümü'nü okudu. Yazı hayatına çocuklarına anlattığı masalları yazarak başladı. İlk kitabı "Bana Bir Masal Anlat" 2001 yılında yayınlandı. Hikâye kitaplarıyla 2002 yılında ödül aldı. Üç çocuk annesi olan yazar İstanbul'da yaşamaktadır.

Çocuk Kitapları:
- Şimdi Masal Zamanı
- Bana Bir Masal Anlat
- Geçmiş Olsun Çoban Yıldızı
- En Güzel Hediye
- Mektuptaki Sır
- Okulda Tuzak

Yetişkin Kitapları:
- Eşim Aşkım Olsun
- Eşimin Eşi Yok
- Eşimle Tanışmayı Unutmuşuz
- Kulak Aşık Olurmuş Gözden Evvel
- Muhabbet Olsun

www.semamarasli.com
www.cocukaile.net

İçindekiler

Muhabbet Olsun 9

Şirin'le Yirmi Beş Adım

Birinci Adım 14
   Kadın hakları ile ilgili bütün bildiklerini unut.
İkinci Adım 18
   Romantizm ile ilgili bütün bildiklerini unut.
Üçüncü Adım 23
   Kadın gibi kadın ol.
Dördüncü Adım 29
   Eşine saygılı davran.
Beşinci Adım 32
   Eşin senin içi her zaman bir numara olsun.
Altıncı Adım 37
   Eşini kendi terazin ile tartma.
Yedinci Adım 41
   Eşinle konuşurken süzgeç kullan.
Sekizinci Adım 45
   Eşini tanımak için gayret sarf et.
Dokuzuncu Adım 48
   Eşini değiştirmeye çalışma.
Onuncu Adım 50
   Kendin değiş.
On Birinci Adım 53
   Cinsel hayatınızı önemse.
On İkinci Adım 59
Fazla sorumluluk üstlenme.
On Üçüncü Adım 62
   Maddi konuları sorun etme.

On Dördüncü Adım 66
Umma ki; küsmeyesin.
On Beşinci Adım 71
Bakımlı ol.
On Altıncı Adım 73
Özel zamanlara dikkat et.
On Yedinci Adım 75
Eşinle aşırı ilgilenme.
On Sekizinci Adım 79
Umursamaz olma.
On Dokuzuncu Adım 82
Eşinin ailesi ile aranı iyi tut.
Yirminci Adım 85
Eşini cezalandırmaya çalışma.
Yirmi Birinci Adım 89
Ev işlerini ve temizliği abartma.
Yirmi İkinci Adım 92
Dışarıdaki hayatla evlilik hayatını ayır.
Yirmi Üçüncü Adım 95
Geçmişe takılma.
Yirmi Dördüncü Adım 97
Mutluluğunu eşinin üstüne yükleme.
Yirmi Beşinci Adım 99
Erkek dili "Netçe" yi öğren.

Ferhat'la On Beş Adım

Yirmi Altıncı Adım 106
Eşine değerli olduğunu hissettir.
Yirmi Yedinci Adım 109
Sorumluluklarını yerine getir.

Yirmi Sekizinci Adım 114
Kadın mantığını olduğu gibi kabullen.

Yirmi Dokuzuncu Adım 118
Eşini fiziği ile ilgili konularda eleştirme.

Otuzuncu Adım 121
Eşinin anneliğine söz söyleme.

Otuz Birinci Adım 124
Eşinin yaptığı ev işlerini önemse.

Otuz İkinci Adım 128
Kadın dili "Bükçe" yi öğren.

Otuz Üçüncü Adım 132
Mutluluğu eşinde ara.

Otuz Dördüncü Adım 135
2+1 formülünü her gün uygula.

Otuz Beşinci Adım 138
Eşinle ilgilen.

Otuz Altıncı Adım 143
Eşine karşı anlayışlı ol.

Otuz Yedinci Adım 146
Muhabbete düşman huylardan kurtul.

Otuz Sekizinci Adım 149
Maddi konularda eşinin de fikrini al.

Otuz Dokuzuncu Adım 152
Sorunları görmezden gelme.

Kırkıncı Adım 155
Sevmeyi bil.

Sevdiği için gurur ve kibrini kırabilen ve kalp yoldaşının kıymetini bilen herkese ithaf ediyorum...

Sema Maraşlı

Muhabbet Olsun

Ferhat ile Şirin çaldılar bir gün kapımı. Mutsuzlarmış, anlaşamıyorlarmış. Şirin anlattı önce derdini:

– Biz deli gibi birbirimizi seviyorduk. Biliyorsunuzdur, Ferhat benim aşkımdan dağları deldi. Sonra birbirimize kavuştuk, çok mutluyduk. Bir gün nasıl oldu anlayamadık ama akşam yattık, sabah kalktığımızda aradan yüzyıllar geçmişti. Kendimizi bir apartmanın onuncu katında yaşarken bulduk. Şaşırdık ama "Olsun dedik bir aradayız ya önemli olan bu." Çocuklarımız ve ailelerimiz de bizimle gelmişler.

Hiçbir eksiğimiz yok. Hatta ihtiyacımızdan çok fazla eşyamız var. Ferhat'ın iyi bir işi var. Fakat bu kadar varlığın içinde mutlu değiliz. Ferhat'la hiç anlaşamıyoruz. Artık sevgimizden bile şüphe ediyoruz. Sizin bize bu konuda yardım edebileceğinizi düşündük. Bunun için size geldik, bize yardım edin.

– Teşekkür ederim Şirinciğim. Elimden geldiği kadar size yol göstermek, yardımcı olmak isterim. Anladığım kadarıyla tek eksiğiniz muhabbet.

– Evet hiç muhabbet edemiyoruz, konuşmaya başlasak kavga ediyoruz. Akşamları karşılıklı birer kanepede buz gibi oturuyoruz. İşte sorunu buldunuz, yardım edeceğinizi biliyordum. O zaman bize muhabbet etmek için ne yapmamız gerektiğini de söylersiniz değil mi?

– Muhabbet etmenin tek bir sırrı var. Onu bilmeniz gerekiyor.

– Nedir muhabbetin sırrı?

– **Muhabbete hizmet gerekir.**

– Muhabbete nasıl hizmet edeceğiz?

– Bunu bir günde anlatamam size. Ancak sizinle adım adım bir muhabbet yolculuğuna çıkarsak öğrenebilirsiniz. Bu yolda ayağınıza batan taşları göreceksiniz. Her adımda bunları temizlemeye çalışacağız. Bunun için bana kırk hafta içinde kırk gün gelmeniz ve birlikte bu yolda kırk adım atmamız lazım. Her geldiğinizde sadece bir adım atacağız.

– Neden kırk gün ve kırk adım? diye ilk defa konuştu Ferhat.

– Her şeyin bir kırkı vardır. Bebeğin, annenin, gelinin, doğumun, ölümün. Başlangıçların ve bitişlerin üzerinden geçecek olan kırk gün önemlidir. Kırk; çiğlikten kurtuluştur, kabulleniştir, zorluk dönemini atlatıştır. Dünyada pek çok önemli olayların kırk sayısı ile ilgisi vardır.

Büyüklerimiz "Bir şeyi kırk kez söylersen olur." derler. Biz de kırk adımla kırk gün çalışırsak faydalı olur, diye düşünüyorum.

– Eskiden hiç sorunumuz yoktu gayet mutluyduk, dedi Ferhat. Birbirimizi deliler gibi seviyorduk, şimdi iki yabancı gibi olduk. Sevgimize ne oldu anlamıyorum.

– Muhabbet yolunu adımlarken çıkan taşları görecek ve sevginize ne olduğunu o zaman anlayacaksınız. Bazı adımları Şirin'in atması, bazı adımları senin atman gerekiyor. Bir adım Şirin, bir adım sen atarak gidebiliriz ama ben böyle yapmak istemiyorum. Çünkü bu durumda beklentiler oluşmaya başlar. O zaman da birbirinizin adımlarına bakar ve biriniz adım atmakta zorlanırsa diğeriniz de kendi atmanız gereken adımları bırakıp onun adımlarını beklersiniz. O zaman duraklama başlar. Burada önemli olan; herkes kendi adımından sorumlu olacak, eşinin adımların saymayacak.

– Tamam olur, siz ne derseniz uyarız, dedi Şirin.

– Tamam Şirinciğim önce senden başlayacağız. Yirmi beş adımı sen atacaksın on beş adımı Ferhat atacak.

– Ama bu haksızlık, neden atmamız gereken adımlar eşit değil? Zaten hep kadınlardan bir şey yapması bekleniyor. İkimiz de yirmi adım atsak da ortada buluşsak daha iyi olmaz mı?

– Bu sorunun cevabını ben sana şimdi vermeyeceğim. Adım attıkça nedenini kendin göreceksin. Önce seninle başlayacağız.

Şirin'le Yirmi Beş Adım

Bir hafta sonra ilk adım için Şirin karşımdaydı.

– Şirinciğim muhabbet yolundaki en büyük taşlar zihindedir. Bu yüzden ilk adım zihin temizliğidir. İyi bir temizliğe hazır mısın?

– Hazırım!

– İyi o zaman başlıyoruz.

BİRİNCİ ADIM

– Kadın hakları ile ilgili bütün bildiklerini unut.

Zihninde iyi bir temizlik yapacak, bu konuda ne biliyorsan silip süpürüp tozunu alacaksın.

Şirin çok şaşırdı, gözlerini iri iri açıp dik dik bana baktı.

– Bunu nasıl söylersiniz? Kadın hakları çok önemli. Biz kadınlar haklarımızı bilmezsek, erkekler bizi ezer.

– Sen Feminist olmuşsun Şirin.

– Hayır ben feminist değilim, ayrıca feminizme karşıyım. Ben sadece kadın haklarını savunuyorum.

– Sen gizli bir feministsin Şirinciğim. En tehlikeli grubundan. Kendin de farkında değilsin.

– Nasıl bu kadar emin olabilirsiniz iki cümlemle?

– Eminim, çünkü ben de eski bir feministim. Şimdi ise anti feminist. Bir zamanlar bana feminist dediklerinde çok kızar ve bunu asla kabul etmezdim. Şimdi geriye dönüp baktığımda her ne kadar o dönem kabul etmek istemesem de gizli bir feminist olduğumu şimdi daha iyi anlıyorum.

– Feministsem de bu çok da kötü bir şey değil bence. Feminizm kadın erkek eşitliğini getirdi, bu da çok önemli.

– Kadın ve erkek insan olarak eşittir fakat hak ve görevler açısından eşit olamazlar. Feminizm hak ve görevler anlamında da eşitliği savunuyor. Eşit yapıda olmayanların arasında eşitlik yaratmaya çalışmak eşitsizliktir. Kadın ve erkek, yaratılıştan gelen yapısal farklılıkları yüzünden eşit olamazlar. Bu durum "Bak aslan et ile besleniyor, sen ne diye ot yiyorsun, sen de et

Muhabbet Olsun

ye, siz eşitsiniz." diye ceylanı zoraki avlanmaya göndermekten ve ona et yedirmeye çalışmaktan başka bir şey değil.

– Ama biz de erkeklerin yaptığı her şeyi yapabiliriz.

– Zaten bugüne kadar "Sen de erkeğin yaptığı her şeyi yapabilirsin." diye verilen gazla kadınlar lüzumsuz yere havalandılar. Fakat kanatla değil gazla uçunca, yere çakılmak da uzun sürmüyor.

Kadınlar öyle bir gaza geldi ki artık erkekle eşit olmak değil önüne geçmek istiyorlar. Aile hayatında ve iş hayatında... Eskiden her başarılı erkeğin arkasında bir kadın olurmuş, şimdilerde her başarısız ve işsiz erkeğin önünde bir kadın var.

– Ama eşitlik olmazsa erkekler kadınları ezmeye çalışır.

– Maalesef ki pek çok kadın senin korkularını yaşıyor. Ezilme korkusu yaşayan kadın ne yapıyor? Aman beni ezmesin diye ömrünü kocası ile mücadele ederek geçiriyor. Ezilme korkusunun altında yatan sebep ise az önce söylediğim "feminizm" denilen "kadın hakları yaygarası". Yıllarca medya tarafından kadınlara yavaş yavaş enjekte edilen fakat hızlı bir şekilde zehirleyen fikirler: "Aman kadınlar! Haklarınızı bilin kendinizi ezdirmeyin."

– Kadınların hakkını aramasının ne zararı olabilir ki?

– Bunca zaman sonra gelin sonuca bakalım. Kadınlar haklarını kullanınca mutlu oldular mı? Hayır. Kadın hakkını değil, aklını kullandığı zaman ancak mutlu olabilir. Kadınlar "Aman kocamız bizi ezmesin" diye korkularından eşleriyle sürekli mücadele ediyorlar. Bunun sonucunda da kadınları, kocalarının ezmesine gerek kalmıyor, kadınlar kendi kendilerini gayet güzel eziyorlar.

– Şimdi siz bunları söyleyince düşünüyorum da galiba ben de Ferhat'la çok mücadele ediyorum. Bugüne kadar bunu mücadele kelimesi ile adlandırmamıştım ama hoşuma gitmese de doğru kelime bu galiba.

– Feminizmin zararı sadece ezilme korkusu ile kalmadı. Feminizm özgürlük adına kadınlara çok şey kaybettirdi: Öncelikle kadınları erkekleştirerek kadınlığını kaybettirdi. Mutluluğunu kaybettirdi. Haysiyetini kaybettirdi. Kadının masumiyetini ve saygınlığını kaybettirdi. Cinsel özgürlük diyerek kadınları erkelere peşkeş çekti.

– Feminizmin kaybettirdikleri gibi kazandırdıkları da oldu. Onları da inkâr etmeyelim.

– Haklısın feminizmin kadınlara kazandırdıkları da var tabi. Kadınlara; erkek düşmanlığı, kibir ve ev işi düşmanlığı kazandırdı. Feministlerin kadınlara verdiği en büyük zararlardan biri, ev işi yapan kadını aşağılaması onu "basit kadın" olarak sunmasıdır.

Geleneksel yapımızda kadın ev işi yapar, erkek dışarıda ailenin ihtiyaçlarını kazanır. Eskiden kadınlar; ev işlerini, çocuğunun bakımını seve seve yapardı. Şimdi ise kocasına hizmet etmekten zevk alan kadınlar yerine, kocasına hizmeti canı çıka çıka yapan, "Bunu neden kendi yapmıyor?!" diye söylenen kadınlar çoğunlukta.

– Ben bu kazanımları kast etmemiştim ama demek ki bunlar da varmış.

– Sen bu konuyu evde enine boyuna düşün Şirinciğim. Zihin temizliğini yap. Tabi bir haftada tamamen temizleyebilmeni beklemiyorum. Şimdilik sadece temizlemen gerektiğine inanman yeterli. Zaten bundan sonraki birkaç adım da doğrudan ya da dolaylı olarak bu konu ile alakalı. Bu haftaki görüşmemizi küçük bir hikâye ile bitirmek istiyorum.

– Hikâyeleri çok severim.

– Bir erkek ve bir dişi serçe dala konmuş cıvıldaşıyorlarmış. Devenin biri gelip serçelerin bulundukları dalı ısırıp çekmiş. Serçeler nerdeyse düşüyorlarmış.

Muhabbet Olsun

Erkek serçe öfkeyle deveye:

"Aşağıya inersem bacaklarını kırarım." diye bağırmış.

Deve şaşkınlık içinde, yaşlı bir devenin yanına varıp durumu anlatmış.

Yaşlı deve sormuş:

"Serçenin yanında dişisi var mıydı?"

"Vardı." diye cevaplamış genç deve.

"Öyleyse korkmak lazım, hiç dinlemez kırar." demiş.

– Çok güzel ve anlamlı bir hikâye.

– Kıssadan hisseye gelirsek Şirinciğim, sen bir dişi olarak gülücük at, gözlerini süz, erkeğinle cilveleş, ona hizmet et, o da senin için devenin bacağını kırsın. Yoksa devenin bacağını kendin kırmak zorunda kalırsın.

– Hisseyi aldım teşekkür ederim, haftaya görüşürüz.

👣 İKİNCİ ADIM

– Romantizm ile ilgili bütün bildiklerini unut.

Şirin ikinci haftada ikinci adıma da itirazla başladı.

– Yapamayın ya, bunu söylemeyin işte. Romantizm olmayınca hayatın ne tadı olur?

– Haklısın romantizm güzel ama romantizm hareketi yüzünden romantizm fazla sulandı, cıvıklaştı.

– Aradaki fark nedir anlayamadım.

– Romantizm hareketi 19. yüzyıl başlarında akılcılığa karşılık hayali ön plana alan bir edebiyat akımı iken roman ve şiirlerin etkisiyle kısa zamanda kadınlar tarafından sahiplenilen bir duygu hareketine dönüştü. Çünkü romantizm hareketi, kadınları en hassas noktasından, kalbinden, aşk silahı ile vurdu. Feminizmden sonra aileye vurulan ikinci darbe romantizm hareketi ile olmuştur.

– Fazla romantizmin ne zararı olur ki?

– Medya romantizmin yayın organı olarak çalıştı. Özellikle televizyonun icadından sonra romantizm kadınların aşk ve evlilikle ilgili bütün ölçülerini değiştirdi. Söylediğim gibi kötü olan romantizm değil, romantizmin fazlası, günümüzdeki sulanıp cıvıklaşmış hali ve erkeğin üstüne zoraki yıktığı görevler. Televizyon sayesinde hayallerden fırlamış gerçek üstü erkekler, kadınların kafasını bozdu.

– Bu konuda haklısınız. Oradaki aşklara baktıkça insanın içi gidiyor. Tıpkı Ferhat'la yüzyıllar önce yaşadığımız gibi. Şimdi öyle aşklar sadece filmlerde var galiba.

Muhabbet Olsun

– İşte televizyonun zararını sen de dile getirdin. Zaten televizyon aile muhabbetinin önünde başlı başına en büyük engel. Varlığı ile ailenin zamanını çalıyor. Muhabbetin en büyük düşmanı. Eşlerin birbirleri ile iletişimine engel oluyor.

En büyük kötülüğü de; dizilerle, filmlerle hatta reklamlarla insanlara bir yandan feminizm aşısı yaparken bir yandan da romantizm hapı yutturmaya çalışıyor. Oysa bu iki madde bir araya gelince sağlıklı bir bünyeyi bozar.

– Niye feminizmle romantizm anlaşamıyor?

– Feminizm kadınlara "Sen erkeklerle eşitsin, kadın gibi olma erkek gibi ol, özgür ol, çalış kariyer yap, sen de güçlüsün, erkeklerin yaptığı her şeyi yapabilirsin." diyor.

Romantizm ise "Hayatında hiç bitmeyen, azalmayan, büyük bir aşk olacak. Sevdiğin adam seni ölesiye sevecek, seni hiç aklından çıkarmayacak, hoş sohbet, yakışıklı, paralı ve sana sürprizler yapan düşünceli, kibar bir erkek olacak." diyor.

Feminizmle erkekleşmiş bir kadını, adam nasıl bu kadar sevebilsin, nasıl ona bu kadar kibar olabilsin?

Çizilen tablo ise şu: Erkek gibi bir kadın ve karşısında kadın gibi bir erkek.

– İşte buna kesinlikle katılmıyorum. Romantik erkek, kadın gibi erkek demek değildir. Romantik erkek, kadın ruhundan anlayan, kibar erkektir.

– Şirinciğim beni yanlış anladın. Tabi ki dozunda romantik bir erkek kadın gibi olmaz, hem de tam erkek gibi olur. Benim söylemek istediğim şu ki romantizm akımıyla gelen romantizm salgınında, erkekten beklenen şeyleri yapmak, daha çok kadın fıtratına uygundur.

– Aşırı ne bekleniyor ki?

– Eşini düşünüp sık sık aramak, sürprizler yapmak, özel günleri hatırlayıp hediye almak, mum ışığında baş başa yemek planlamak gibi davranışlar hayatın içinde detay konulardır ve detaylar kadın tabiatına daha uygundur.

Fakat dizilerde bu işler erkeklere yüklendiği için, erkeklerin bu günleri hatırlamaması, erkeği; kaba, düşüncesiz erkek konumunda bırakmış ve ailelerde özel günleri bir kâbusa çevirmiş durumda.

– Bu konuda haklısınız. Geçen yıl Ferhat evlilik yıldönümümüzü hatırlamadığı için çok üzüldüm. Açıkça söyleyeyim ben şöyle düşünüyorum: "Kocam evlilik yıldönümümüzü hatırlamadığına göre artık beni sevmiyor, evliliğimize de önem vermiyor."

– Romantizm üzerinden kafa yürütüyorsun. "Kocam evlilik yıldönümümüzü hatırlamıyorsa, kesin beni artık sevmiyordur." Ne alaka, adam işin gücün derdinden unuttu gitti. Sen hatırla, sen hatırlat, organizasyonu sen yap, o da sen de mutlu bir akşam geçirin.

– Fakat hatırlayan erkekler var.

– Hatırlayan erkekler vardır tabi. Fakat kaç erkek gönlüyle önem verdiği için hatırlıyor, kaç erkek karısının şerrinden korktuğu için hatırlıyor? O ayrı bir konu.

Dizilerdeki erkekler unutmazlar özel günleri. Her akşam ekran karşısında saatlerce bu dizilere bakan kadınlar, gerçekle hayali ayırt edemez duruma geliyorlar. Zaten insan beyni etkilenme anlamında gerçekle hayali pek ayırt etmiyor. Hayalden de, gerçekten etkilendiği gibi etkileniyor.

Televizyon sayesinde kadınlar dizi kahramanı gibi bir erkekle yaşamak istiyorlar. Bunu bulamayınca kocalarını dizi kahramanlarına benzetmeye çalışıyorlar. Tabi sonuç büyük bir hüsran oluyor. Ailelerde kadınlar mutsuz, erkekler kırgın.

– Ama gerçek hayatta bulamadığımız ya da bulup da kaybettiğimiz aşkları orada izlemek biz kadınları mutlu ediyor bence.

Muhabbet Olsun

— Tam aksi mutsuz ediyor. Orda seyretmek insana yetmiyor, herkes hayatında aşk eksik olmasın istiyor. Yaşlı kadınlar da buna dahil. Yaşı yetmişe yaklaşmış evli ve torunları olan kadın "Dünyaya bir daha gelirsem asla evlenmeyeceğim. Metres olarak yaşayacağım. Hayatımda büyük bir aşk yaşayamadım. Bir şansım daha olsa metres olarak yaşardım, aşk yaşardım." diyor.

Her akşam dizi izlemenin doğal neticesi bu. Reklamlarda cızır cızır kızaran salam sucuk, nasıl ki imkânı olup alamayanların ağzının suyunu akıtıyorsa, yoğun aşk dizileri de özellikle kadınların kalplerini kanatıyor. Aşık olup aşkı bitenlerin yaralarını deşiyor, olamayanlara da hep bir eksiklik duygusu yaşatıyor.

— Evet böyle bakınca haklısınız.

— Sen miras meselesi yüzünden ağlayan adamın hikâyesini biliyor musun?

— Hayır, bilmiyorum.

— Adamın birini, miras meselesi yüzünden çıkan tartışmada akrabaları biraz dövmüşler. Adam dava açmaya karar vermiş. Dilekçe yazdırmak için arzuhalcinin yanına gitmiş.

"Akrabalarım beni dövdü, dava açmak istiyorum." demiş.

Arzuhalci:

"Öğleden sonra gel, ben sana iyi bir dilekçe hazırlarım." demiş.

Adam öğleden sonra gittiğinde arzuhalci birkaç sayfalık dilekçeyi göstermiş:

"Dilekçen tamam, ben okuyayım, sen bir dinle sonra altına imzanı atarsın." demiş.

Adam dilekçeyi dinlerken ağlamaya başlamış. Arzuhalci şaşırmış. "Sen niye ağlıyorsun?" diye sormuş. Adam "Uyyy bana neler yapmışlar da haberim olmamış." demiş.

Televizyon sayesinde kadınlar da biz neler kaçırmışız, neler yaşayamamışız diye kendi hallerine ağlayıp duruyorlar.

– Benim de dizilerde şu dikkatimi çekiyor. Bu dizilerin neredeyse hemen hepsi köşklerde konaklarda çekiliyor. Dizi bittiğinde dönüp kendi evine baktığında üzülüyorsun. Benim evim neden öyle değil, diye. Hatta bazen ev işi yaparken şu dizilerin birinden bir hizmetçi çıkıp işleri yapsa, sofrayı kursa da ben de giyinip kuşanıp masanın başına otursam, diye düşündüğüm zamanlar oluyor.

– Çok güzel bir tespit bu. Bu diziler seyircileri kendi sade hayatlarından bıkkınlığa götürüyor, zenginliğe özendiriyor. Ayrıca diziler yüzünden aldatma meşrulaştırıyor, cinsel özgürlük ve nikâhsız çocuk doğurmak teşvik ediliyor ve seyirciye bol bol sahtekârlık ve entrika öğretiliyor.

– Üzerinde uzun uzun düşününce zararlarını insan daha iyi anlıyor. Galiba bu günden sonra televizyon, hayatımda pek fazla yer işgal etmeyecek.

– Bu haftaki görüşmemizin sonuna geldik Şirinciğim. Sen bir hafta boyunca romantizm hareketinin ve televizyonun senin üzerideki olumsuz etkileri düşün. Bu zararlardan temizleyebildiğin kadarını sil süpür temizle. Haftaya başka bir adımla devam edeceğiz.

👣 ÜÇÜNCÜ ADIM

— Kadın gibi kadın ol.

Şirin güldü.

– Niye böyle söylediniz ki, erkek gibi mi görünüyorum?

– Hayır kadın gibi görünüyorsun ama erkek gibi davranıyorsun.

– Nasıl yani?

– Soruna daha sonra cevap vereceğim. Önce sen benim soruma cevap ver. Sen kocana karşı cilveli bir kadın mısın?

– Hayır değilim, öyle olmak gerektiğini de düşünmüyorum.

– Bunun altında erkeklerle eşit olmak istiyorsam erkek gibi olmam lazım, o zaman kadın gibi kırıtmama gerek yok mantığı olabilir mi?

– Hayır, ben yapı olarak ciddi bir kadınım. Yapamaya çalışsam komik olurum, elime yüzüme bulaştırırım. Öyle kırıtıp sırıtamam. File cilve yap demişler, üç dükkân yıkmış.

– İyi de sen fil değilsin ki, Allah seni kadın olarak yaratmış. "Kadınla erkek eşittir" çığlıklarının bir neticesi olarak, senin gibi pek çok kadın, erkeklerle eşit olmak için fıtrattan gelen kadınsı özelliklerini bir yana iterek, erkek gibi davranmaya başladılar. Bunun neticesi de ne tam kadın ne de erkek olabilen karışık bir varlık ortaya çıktı. Dışı kadın, içi erkek.

Kadın erkek ilişkileri üzerine verdiğim bir seminer sonrası yanıma gelen bir hanım düşüncelerini benimle şöyle paylaşmıştı: "Kadınlar hep kocalarının kendi ile ilgilenmesini, onun yaklaşmasını bekliyor. Ben hiç beklemem, ne zaman onun (eşimin) ilgisine ihtiyacım olsa gider kucağına yatar 'Miyavvv, kedin geldi, sevilmek istiyor' derim kocam da beni sever." dedi.

– O kadar da değil. Kadının bir onuru gururu var yani.

– Sözlerin beni hiç şaşırtmadı. Ben bu hanımın sözlerini pek çok yerde örnek olarak anlattım. Anlattıktan sonra susuyorum kadınların tepkisini ölçmek için. Genellikle "Ayy kendimizi de o kadar alçaltmayalım yani. Miyavlamam da, sevsin diye dizlerine de yatmam!" diyorlar. "Eşimle Tanışmayı Unutmuşuz" kitabındaki "Miyav" hikâyesini o hanımın sözleri ve kadınların tepkisi üzerine hikâyeleştirip yazmıştım.

Kadının fıtratında olan cilve, işve, sezgi, kurnazlık gibi kadınsı davranışlar günümüzde okumuş ve çok bilmiş pek çok kadın tarafından bayağı ve basit bulunmakta. Oysa kadın, kadın gibi davranmadığında erkek de nasıl davranacağını şaşırıyor ve dengeler bozuluyor.

– Şimdi ben kadın gibi kadın değil miyim?

– Sana bir soru daha soracağım. Ferhat akşam eve geldiğinde kadın gibi davransa, kırılıp dökülerek konuşsa ister miydin?

– Asla istemem.

– Sen kadın gibi bir erkek istemediğine göre, kocanın da erkek gibi kadın istememe hakkı var. Yapılması gereken tek şey sadece kadının kadın gibi olmasıdır. Kadınların aklından çok, sezgilerini dikkate alması ve bilinç altında bastırdığı yaratılıştan gelen özelliklerini açığa çıkarması ve kullanması gerekli.

– Kadınsı özellikler derken hangi özellikleri kast ediyorsunuz?

– Bir kere, kadın zekâsı da erkekten çok farklı çalışır. Kadınların beyninin iki tarafında konuşma merkezi vardı. Ve iki beyin arasında elektriksel akım çok hızlı çalışır. Bu yüzden kadınların iletişim yeteneği çok güçlüdür. Fakat günümüzde ne yazık ki kadınların büyük çoğunluğu zekâsını kendini mutsuz etmek için kullanıyor. Beyinlerine sızdırılmış erkekle mücadele fikrin-

Muhabbet Olsun

den bir türlü kurtulup da eşiyle mutlu olabilmeyi başaramıyor. Kadın, kadın olmaktan kaçıyor.

– Kadın olmaktan kaçış mümkün mü ki?

– Bunu sana küçük bir fıkra ile anlatayım. "Mahkumun biri cezaevinde hastalanmış. Adamı hastaneye bir göndermişler, ayağının biri kesilmiş tek ayakla dönmüş. Bir daha hastalanmış bu kez gittiğinde adamın bir kolu kesilmiş, tek kolla dönmüş. Adam bir kez daha hastalandığında cezaevi müdürü kızmış. "Bana bak gözüm üzerine. Parça parça cezaevinden kaçtığını fark etmiyorum zannetme!" demiş.

Kadınlar da parça parça kadınlıktan kaçıyorlar. Fark edilmiyor zannedilmesin.

Şirin güldü.

– Galiba dışarıdan fark ediliyor da biz fark etmiyoruz.

– Kadın erkek gibi davrandıkça erkekle hiç bitmeyen bir çatışmanın içine giriyor. Erkek elindeki gücü kaybetmemek için direniyor, kadın direniyor. Derken her ikisi de mutsuz oluyor. Oysa ikisini de mutlu edecek başka bir yol var. Örnek olarak sana Hürrem Sultanı anlatmak istiyorum.

– Hürrem Sultanı mı? İktidar hırsı yüzünden Kanuni Sultan Süleyman'a her istediğini yaptıran ve Osmanlı İmparatorluğu'nun çöküşünü başlatan kadını mı? Onu mu örnek göstereceksiniz?

– Osmanlı'nın çöküşünü başlatıp başlatmaması, bizi değil, tarihi ilgilendiriyor. Bizi ilgilendiren bölüm, Hürrem bir kadın olarak Kanuni'yi nasıl etkiledi? İstediklerini yaptırmak için eşiyle mücadele etti mi, karşısına dikildi mi, benim de haklarım var diye diklendi mi, yoksa başka yollar mı kullandı, biz ona bakacağız. Ben Hürrem Sultan'dan alınacak dersler var diye düşünüyorum.

– İyi, anlatın o zaman, ben dinlemeye hazırım.

– Hürrem, Kırım Tatarları tarafından Rusya içlerine yapılan bir savaşta, on yedi yaşında, esir edilen leh asıllı genç bir kızdır. Kırımlılar tarafından Osmanlı sarayına hediye edilmiştir. Yalnız, herkes Hürrem'in sarayda fazla barınamayacağını düşünür. Çünkü Hürrem diğer cariyeler gibi yumuşak başlı değil, hırçın ve dik başlıdır. Yurdundan, ailesinden ayrı düştüğü için isyan eder, haremde her gün bir olay çıkarır.

Hürrem'in yaptıklarını Kanuni duyunca onu görmek ister. Kanuni o zaman yirmi altı yaşındadır. Hürrem derdini, isyanını ona da anlatır. Daha ilk görüşmelerinde Kanuni onu beğenir, daha o hafta Hürrem Kanuni'nin gözdeleri arasına girer. Hürrem güzeldir ama sarayda öyle güzel cariyeler vardır ki, o, onların yanında sönük kalmasına rağmen nasıl olup da Kanuni'nin gözdesi olur, herkes buna şaşırır.

Oysa Hürrem güzelliğiyle değil aklıyla padişahın dikkatini çekmiştir. Saraydaki bu dik başlı kadın, Kanuni'nin yanında bambaşka bir kadın olur. Hürrem Kanuni'yi öyle etkilemiştir ki herkes onun, padişaha büyü yaptırdığından bile şüphelenir.

Oysa Hürrem'in büyüye ihtiyacı yoktur; çünkü Hürrem sözlerin büyü etkisi yaptığını gayet iyi bilir. Zira en güzel kadın bile, ağzından çıkan sözlerle çirkinleşebilirken, en çirkin kadın da ağzından çıkan sözlerle, çekici, alımlı bir kadın olabilir.

– Şimdi çok merak ettim. Hürrem Kanuni Sultan Süleyman'ı nasıl etkilemiş?

– Hürrem, giyimini kuşamını saç modelini bile kocasını ruh durumuna göre ayarlayan bir kadınmış. Kanuni neşeliyken daha fazla süslenip cıvıl cıvıl konuşurken, Kanuni sıkıntılıyken daha sade giyinir, daha sakin davranır ve tane tane konuşurmuş. Kanuni, gergin olduğunda hiçbir konuyu gündeme getirmeyip onu sakinleştirirmiş. Kanuni'nin ona olan düşkünlüğünü bildiği için, canı sıkıldığında naz yapar, küser; ama asla şımarıp saygısızlık etmezmiş.

Muhabbet Olsun

Hürrem, hiçbir şeyi Kanuni'ye zorla yaptırmamış, zaten zorla yaptırması da mümkün olmazdı. Hürrem'in metodu, istekleri konusunda acele etmemek, zamana yayarak yavaş yavaş eşine telkin etmek olmuş. Bir süre sonra Kanuni o düşünceyi artık benimsermiş ve kendi düşüncesi olarak uygulamaya başlarmış.

– Sabır isteyen ustaca bir metod.

– Hürrem, yanındayken etkilemeyi başardığı sevgili eşi, uzak yerlere sefere gittiği zaman sevgileri soğumasın diye Kanuni'ye sürekli aşk mektupları gönderirmiş.

– Aşk mektupları mı? Neler yazarmış acaba?

– Hürrem'in mektuplarından bazı bölümleri senin için not aldım. Mektuplar uzun olduğu için genellikle giriş bölümlerini ya da son bölümlerini yazdım.

Hürremin bir mektubu şöyle başlıyor:

"Gözlerimin nuru, saadetimin sermayesi, sırlarımın bilicisi, gamlı gönlümün rahatı, yaralı ruhumun aşkının merhemi, daima gönlümün tahtının sultanı..."

Başka bir mektubunda ise şöyle hitap ediyor Kanuni'ye *"Benim Devletlüm, benim sultanım..."*

Başka bir mektubunda da,

"Benim yüzü Yusufum, sözü şeker, latif nazlı sultanım. Tanrı kapısına yüzümü süpürge edip beni sizden ayırma fikrini mahvolmasına, çabucak mübarek yüzünüzü göstermesine öyle yalvarıyorum ki...

Eğer denizler mürekkep, bütün ağaçlar kalem olsa yine bu ayrılığın açıklamasını yapamazlar. Kim ki ayrılığın acılarını öğrenmek isterse Sure-i Yusuf'u okusun.

Yüzümü yere koyup mutluluk sığınağı ayağınızın toprağını öptükten sonra...

...Ferhat ile Mecnun'dan beter şeyda kölenizi sorarsanız; ne zamandır sultanımdan ayrıyım bülbül gibi ah-u feryadım dinmeyip,

ayrılığımızdan dolayı öyle bir halim var ki, Allah, kafir olan kullarına dahi vermesin."

– Çok etkileyici yazmış doğrusu.

– Bu mektuplarla Hürrem, Kanuni'nin aşkını sürekli taze tutuyordu. Kanuni de ona şiirler yazıyordu.

"Aşk ile sahralara düştüm, yürü avareyim,
Çaresiz derde sataştım, ah biçareyim."

Dünyayı titreten padişahı bir kadın ne hallere düşürmüş.

Başka bir zamanda,

"Sure- i Velleyl okudum dün namazı Şam'da
Zülfün andım dilberin nittin, neyledim, bilmedim" diyor.

– Büyük aşkmış doğrusu. Kaç yıl devam etmiş?

– Hürrem elli altı yaşında öldüğünde kırk yıla yakın beraberliklerine rağmen Kanuni'nin gözdesi olmayı hep başarmış, istediklerini Kanuni'ye hep yaptırmış.

– Demek istiyorsunuz ki erkekle mücadele ederek, yarışarak hiçbir şey kazanamayız.

– Aynen öyle. Kadın, erkek gibi olduğunda, kadın erkek birlikteliğinin de keyfi kalmaz. Kadın ve erkek zıt oldukları için birbirlerini çekerler. Aynılaşmaya başlamaları mutsuzluğu beraberinde getirir.

– Bu hafta Hürrem'in metodlarını aklımdan çıkarmamaya çalışacağım ve kadın olmak için gayret sarf edeceğim.

👣 DÖRDÜNCÜ ADIM

– *Eşine saygılı davran.*

– Erkek de kadına saygı duymalı.

Şirin yine itiraz etti. Hâlâ yolun çok başındayız.

– Eşitlik davamız devam ediyor bakıyorum da. Erkeğin saygıya, kadının ise sevgiye daha fazla ihtiyacı vardır. Yaratılıştan gelen özellikler ve aldıkları sorumluluklar itibari ile ailenin reisinin erkek olması gerekir. Kadın erkeğin bir adım gerisinde olmalı.

– Neden birinin diğerinden daha üstün konumda olması gerekiyor, anlamıyorum.

– "Hakların eşitliğinden kavga doğar." diyor Cenap Şehabeddin. Ailelerde pek çok kavga, iki tarafın da kendi dediğini yaptırmak istemesinden doğuyor. Oysa birinin son sözü söylemesi lazım ki, kavgalar uzamasın. Ailede bir kişinin reis, başkan, müdür, lider hangi sıfatla tanımlarsan önemli değil ama idareci konumda olması lazım.

– İlla bir başkan şart diyorsunuz yani?

– Aynen öyle. Her kurumun bir müdürü, her belediyenin bir başkanı vardır. Aile de toplumun en küçük kurumudur. İki başkanı olan belediye ya da eşit konumda iki müdürü olan kurum olmadığı gibi, iki reisin olduğu bir aile kurumu da olmaz.

"Bir kötü lider, iki iyi liderden daha iyidir." demiş Napoleon.

Atalarımız da "Horozu çok olan köyün, sabahı geç olur." diyerek, çıkabilecek sorunlara dikkat çekmişler.

Bir İngiliz atasözü ise bu konuda şöyle diyor: "Bir çok aşçının olduğu yerde çorba iyi pişmez."

Mantıksal zekâları, güç ve karar verme mekanizmaları daha iyi olduğu için, liderliğe erkekler daha uygun. Bir kadının aile reisinin erkek olduğunu gönülden kabul etmesi ve kocasına saygı duyması önemli.

– Açık söyleyeceğim, bunu kabul etmek benim zoruma gidiyor. Benim gönlüm aile içinde eşitlikten yana.

– Kadın erkek ilişkilerinde eşitlik mümkün değil, bunu unut. Kadınlar duyguları ile hareket ettikleri için eşitliği sağlayamazlar. Bu yüzden kadın erkeğin ya bir adım önündedir ya da bir adım gerisinde. Kadın, erkeğin bir adım önünde olursa, erkeğe hükmetmeye çalışır fakat hükmedebildiğinde de mutlu olmaz. Çünkü kadın, aileyi koruyup kollayacağını beklediği erkeği, her zaman güçlü görmek ister. Erkek, kadının gözünde pasif, korkak bir görüntü çizmeye başladığı anda, evde başka sorunlar da baş göstermeye başlar.

– Bazen görüyoruz, evde hep kadının dediği olan aileler de var ve gayet de mutlu görünüyorlar.

– Dışarıdan görünen seni aldatmasın. Çünkü hükmedici bir kadınla birlikte olan erkek, kendini kafese kapatılmış gibi hisseder. Dediğim dedik kadınlar için "Hükümet gibi kadın" diye bir benzetme yapılır. Eğer kadın hükümet gibiyse mutlaka zindanda da bir kocası vardır. Ya da adam zindandan kaçma planı yapıyordur.

– O zaman kendim için düşünüyorum da eşitlik olmayacaksa benim değil de Ferhat'ın söz hakkı olması daha adaletli görünüyor. Askere gitsin, vatanı korusun, savaşsın, ölsün, evini koruyup kollasın diye güçlü olmasını beklediğimiz erkeğin, evin içine gelince söz hakkında geride kalmasını beklemek sizinle konuşunca bana da pek mantıklı gelmedi.

– Çok güzel bir konuya değindin. İş askerliğe gelince biz kadınlar erkeklerin gerisinde kalıyoruz. Fakat, hiçbir kadın hakları savunucusu çıkıp "Ne oluyoruz, biz niye erkeklerin gerisinde kalıyoruz, biz de askerlik yapmak istiyoruz, ölmeye hazırız!" demiyorlar. Vatan savunmasına gelince, aslan olmasını beklediğimiz erkeğin, eve gelince kuzu olmasını beklememek gerekir.

— Haklısınız ama galiba biz kadınların en çok zorumuza giden şey erkeğin bir adım gerisinde olmak gibi geliyor bana.

— Peygamber Efendimiz sevgili kızı Fatıma'yı evlendirirken kızına şöyle öğüt vermiş: "Kızım, sen kocana cariye ol ki; o da sana köle olsun." Şimdiki kadınlar kendileri cariye olmadan, köle kocalara sahip olmak istiyorlar.

Bu hafta bu kadar konuşmamız yeterli gibi geliyor bana. Bu konuyu kabullenmen ve hazmetmen biraz zaman alacak gibi. Ben meseleyi küçük bir fıkrayla bitireyim.

"Ağanın biri oğullarını alarak camiye gitmiş. İmam namaz kıldırırken, olması gerektiği gibi en önde durup namazı kıldırmış. Ağanın oğullarının bu duruma canı sıkılmış. Namazdan sonra hocayı bir süre takip etmişler, ıssız bir sokağa gelince hocanın karşısına dikilmişler.

— Vayy, sen nasıl ağa babamızın önünde durursun, diye hocayı tartaklamışlar.

Ertesi günü Hoca ağanın yanına gitmiş.

— Senin oğlanlar "Sen nasıl ağa babamızın önünde durursun, diyorlar, namazda imam herkesten daha önde durmaz mı?" diyerek ağaya durumu anlatmış.

Ağa biraz düşünmüş.

— Hocaefendi, iyi diyorsun, iyi diyorsun ama oğlanlar da haklı. Eee, sen de çok ilerde duruyorsun, demiş.

Bu hikâyeden sonra "İmamın arkasında kalmak istemeyen ağalar camiye gitmesin, kocasının bir adım gerisinde durmayı bilmeyen kızlar da kocaya gitmesin." diyorum, başka da bir şey demiyorum.

BEŞİNCİ ADIM

— *Eşin senin için her zaman bir numara olsun.*

— Geçen haftaki adımla, aynı adım değil mi bu dediğiniz?

— Birbiriyle bağlantılı gibi görünüyor ama daha farklı bir konu. Erkek karısının gözünde, kadının sevdiği herkesten, hatta kendi çocuğundan bile daha fazla değerli olmak ister. Çocuğunu kıskanan çok erkek vardır.

— Şaka yapıyor olmalısınız. İnsan çocuğunu kıskanır mı?

— Hayır, gayet ciddiyim. Kadın anne olunca kendini anneliğe fazlasıyla kaptırabiliyor. Bazı kadınlar, annelikle kafayı bozuyor da diyebiliriz buna. Kadının bütün hayatı çocuğu oluyor. Çocuk; yedi, yemedi, ağladı, güldü, sustu, konuştu, uyudu, uyumadı, ateşi çıktı, düştü, hapşırdı, tıksırdı, gaz çıkardı, çıkaramadı... Artık kocasını, kocası olarak değil de çocuğunun babası olarak hatırlamaya başlıyor.

— O zaman Ferhat da çocukları kıskanmıştır. Çocuklar küçükken bu dediklerinizi ben de yaptım. Biz çocuklar olana kadar neredeyse hiç kavga etmiyorduk. İlk çocuğun doğumundan sonra başladı kavgalarımız.

— Tabi olabilir. Çünkü çocuk olana kadar, kadının bütün ilgisi kocasının üzerinde olur. Fakat çocukla birlikte, kadın, kocasını ikinci plana atar ve bütün ilgisini çocuğuna verir. Sadece bununla kalsa yine iyi. Ayrıca kocası da en az onun kadar, çocukla ilgilensin ister. Kocası çocuğa onun beklediği kadar ilgi göstermezse, onu sorumsuzlukla, iyi baba olmamakla suçlar. Bu durumda erkek şaşırıp kalır. Evde ikinci sınıf vatandaş olmak

Muhabbet Olsun

zoruna gider ve çok sevdiği yavrusunu kıskanmaya başlar. Kendini bu durumda bıraktığı için de, karısına kızgınlık duyar. Ve karı kocanın arası bozulmaya başlar. Bu durumda kadın kendini iyice çocuğuna verir.

– Bu söylediklerinizi yaşadım; ama o zaman hatamın farkında olamadım.

– Bazen kadının ailesi de sorun olur. Bazı kadınlar evlendikleri halde, bir türlü anne evinden gelemezler. Sanki evlenip ayrı ev kurmamıştır. Annesinin her yaptığı yemekten canı ister, bir bahaneyle haftanın yarısını annesinin evinde geçirir. Kendi gitmediği zaman da, annesi, kız kardeşi gelir, ev işlerine yardım ederler, yemeğini yaparlar. Kızlar evlenene kadar anaları ile pek geçinemezken evlenince anaları birden bire kıymete biner. Kadın, kendi ailesi ile o kadar içli dışlı olur ki sanki ele güne karşı "evde kalmış" demesinler diye kocaya varmış havasındadır. Bu durumda erkek sesini çıkarmasa da duruma fena halde içerler. İkinci planda kalmak tabi yine hoşuna gitmez.

– Bu söyledikleriniz basbayağı kıskançlık yani. Erkek karısını ailesinden de kıskanıyor.

– Kadın, ailesinin yanına gidip gelmelerinin ayarını tutturamazsa, kocasına sürekli kendi ailesinden bahseder, onları kocasına örnek gösterirse, kocasının ailesi ile kendi ailesini kıyaslarsa, erkek kıskanır ve eşinin ailesini görmesini istemez, engeller çıkarabilir.

– Ferhat, ailemi görmem konusunda hiç engel çıkarmadı ama benimle annemlere gelme konusunda pek istekli değil, annemlere giderken her zaman onu götüremiyorum.

– Bir de bu sorun var. Kadın kendi gittiği yetmiyormuş gibi bir de her daim kocasını götürmeye çalışır. Erkek gitmek istemediğinde de ailesinin sevilmediğinden şikâyet eder. Oysa kayınvalideler meselesinde şöyle bir durum vardır. Erkekler genellikle kayınvalidelerini ve kayınpederlerini severler ama evlerine gitmeyi pek istemezler. Kadınlar çoğunlukla kayınpederlerini sevmelerine karşı, genellikle kayınvalidelerine gıcık olurlar fakat evlerine çok giderler.

– Bu büyük bir haksızlık değil mi sizce?

– Hayır değil. Çünkü erkekler büyüdüğü ve alıştığı ortam olduğu için kendi annelerinin evinde rahattırlar. Erkek, annesinin evinde eşofmanlarını giyer, yatar, oturur, canının istediğini yer, çocukluğundaki gibi biraz şımarıklık bile yapar, kendi evi gibi rahat eder. Oysa kayınvalidenin evinde, erkek pek rahat edemez. Onları ne kadar severse sevsin sonuçta orda misafir hükmündedir. Kayınvalide damadı ağırlamaya uğraştıkça erkek iyice tedirgin olur.

– Burada bir durun işte. Bu nankörlük, başka bir şey değil! Annem Ferhat'la gittiğimiz zaman onu ağırlamak için hep onun sevdiği yemekleri yapıyor, damadının etrafında pervane oluyor; ama Ferhat mutlu olmuyor. Ne zaman anneme gidelim desem "Yorgunum" diyor ama kendi annesine gidileceği zaman nedense yorgunluğu geçiyor.

– Az önceki söylediğim sebepten dolayı. Erkek, yorgun geçen bir günün ardından kayınvalideye gitmek istemeyebilir çünkü orada dinlenemez ama annesine gitmek isteyebilir çünkü orada dinlenebilir. Bu durum sevgi meselesi değil, rahat etme meselesidir. Mesela tam aksi durumlar da olabilir. Huysuz bir annesi fakat rahat davranan bir kayınvalidesi olan erkek annesi yerine kayınvalidesine gitmeyi tercih edebilir. Fakat durum genellikle yukarıdaki gibidir, damat ağırlanmaya çalışıldıkça tedirgin edilir, o da fazla gitmek istemez.

– Tamam, diyelim ki ben bu durumu anladım. Anneme giderken onu gelmesi için zorlamayacağım ama aynı anlayışı da ondan beklerim. O da annesine yalnız gitsin o zaman.

Muhabbet Olsun

— Yine karşılaştırma yapıyorsun. Ben adım atıyorsam, o da atsın ya da o adım atmazsa ben de atmam, diyorsun. Bunları söylerken kadın ve erkek fıtratını ve geleneklerimizi göz ardı ediyorsun. Erkekler annelerinin evine eşleri olmadan gitmek istemezler. Bunun birkaç sebebi var. Birincisi erkek, yaşı kaç olursa olsun hâlâ kendini çocuk gibi gören ailesine karşı ben büyüdüm evlendim, benim bir ailem var, bunu kabul edin, mesajı vermek ister.

İkincisi, yalnız gittiğinde, ailesine karşı zor durumda kalır. Söz dinletip de karısını getirememiş zayıf bir erkek gibi görünmek istemez. Çünkü bizim geleneğimizde gelin kayınvalide ilişkileri önemlidir. Erkek, annesinin evine yalnız gittiğinde altında bir mana aranır. En basiti, gelin onlara tavır almış da gelmek istememiş gibi algılanabilir.

— O zaman ben kocamın ailesine her zaman onunla birlikte gitmeliyim ama o benim aileme gelmese de olur, düşüncesini kabul etmem mi gerekiyor?

— Tabi ki erkek karsının ailesine gitmese de olur, demek istemiyorum, arada bir kadının ailesine de birlikte gitmek gerekir, kadının bunu istemesi de normal fakat kadın kocasını sık sık götürmek için de uğraşmamalı ve tatsızlık çıkarmamalıdır. Bu konuda da karşılaştırma yapmamalıdır. Çünkü söylediğim gibi gelenekler önemlidir. Kendi gidiş gelişlerini de eşini kıskandıracak kadar yapmamalıdır.

— Ben erkekleri böyle bilmiyordum, çok kıskançlarmış.

— Erkekler, karısının kendini ikinci plana attığı her şeyi kıskanır. Bu bazen kadının işi olur, bazen misafirleri olur. Bu durumda kadının akıllı olup, çok önem verdiği misafirleri bile olsa, bunu kocasına o şekilde yansıtmamalıdır. Kadın annesinin evinden mutluluktan ağzını yaymış gelmemelidir. Eğer kadın annesinin evine sorun çıkmadan rahat gitmek istiyorsa tabi ki... Bu durumlarda kadının biraz siyasî davranması yeterlidir.

Ailesinin yanına gitmiş gelmiş, sıradan bir durum, çok da mutlu olacak bir durum yok yani, havalarında olması yeterli.

– Yani kadının kocasına "hayatımda bir numara sensin" mesajını her durumda vermesi gerekiyor.

– Aynen öyle. Karısının gözünde bir numara olmak istemeyecek erkek yoktur. Bu Nasreddin Hoca bile olsa.

– Haftanın fıkrası geliyor galiba.

– Evet. Bu haftaki görüşmemizin sonunu da bir fıkra ile bağlayalım.

Nasreddin Hoca'yı, gözleri şehladır, diye överek, şaşı bir kadınla evlendirmişler. Akşam olmuş, Hoca bir tabak kaymak getirip, sofraya koymuş.

Kadın şaşı olduğu için:

"Hoca efendi, neden iki tabak aldınız, bir tabak yeterdi." demiş.

Nasreddin Hoca "Evde bir yemeği, iki görmesinde bir ziyan yok!" diyerek yemeğe başlarken, karısı bu sefer "Hocaefendi, yanındaki adam da kim? İlk akşamımızda bir yabancı ile mi sofraya oturacağız? deyince Hoca "Yoooo!.. Hanım bak bu olmadı! Her şeyi iki görebilirsin, ama kocanı bir görmelisin!" demiş.

ALTINCI ADIM

– *Eşini kendi terazin ile tartma.*

– Nasıl yani?

– Kadınlar ve erkekler birbirinden çok farklı yaratıldığı için, hayat çarşısında kullandıkları ölçü birimleri de farklıdır. Kadınların terazisinin ölçü birimi duygu, erkeklerin terazisinin ölçü birimi mantıktır.

– O zaman birbirlerini anlamak için kadının mantık, erkeğin de duygu ölçüsünü mü kullanması gerekiyor?

– Evet. İki taraf da birbirini kendi terazisi ile tartarsa yanılır ve haksızlığa uğradığını düşünüp mutsuz olur. Ancak karşı tarafın terazisini kullandığında, doğruya yakın bir ölçü alınmış olur. Karşı tarafın terazisini kullanmak için de karşı tarafı iyi tanıyıp ölçü birimleri ile ilgili doğru bilgi sahibi olmak gerekir. Bunun için de kadınların ve erkeklerin yaratılıştan gelen farklarını bilmek gerekir.

– Çok fark var mı?

– Hem de çok fazla fark var, kadın ve erkek arasında. Fizyolojik ve psikolojik. En basitinden saç derilerinden saymaya başlarsak, vücut ısıları, kalplerinin dakika içinde atım hızı bile kadınlardan farklı. Bunların hepsini bilmek önemli değil. Ben sana gerekli olacak birkaç önemli bilgi vereceğim.

– Ben merak ettim. En kısa zamanda araştırıp bütün farkları öğreneceğim.

– Sen bilirsin, merak ediyorsan öğren tabi. Kadın ve erkek arasında en temel farklılık beyinlerini kullanırken ortaya çıkıyor. Beyin iki parçadan oluşuyor. Sağ ve sol beyin diye. Sağ taraf duygularla alakalı olan bölüm. Hisseden, üreten, hayal eden hep sağ taraf. Sol taraf mantık, rakam ve alışkanlıkların tarafı. Son yapılan araştırmalara göre kadınlar yüzde seksen sağ tarafını, erkekler ise yüzde seksen sol tarafını kullanıyorlarmış.

– Bakın burada hiç olmazsa rakamlarda eşitlik var.

– Evet zıtlıkta eşitlik var. Birbirine geçirdiğinde bütünlük oluşur.

– Ben hâlâ bir eşitlik tutturdum gidiyorum değil mi?

– Merak etme yavaş yavaş kurtulacaksın. Ben birden olmasını zaten beklemiyorum. Yıllarca inandığın, savunduğun bir düşünceyi, birden bire atmam çok zor. Şimdi birkaç farklılık daha öğrenelim, bazı farklılıkları da diğer adımlarda yeri geldikçe anlatacağım.

– Ben dinlemeye hazırım.

– Kadın erkek farklılığında, çok önemli değil gibi görünen farklılıklar bile bazen önemli olabilir. Mesela, erkeklerin metabolizmaları, kadınlardan daha hızlı çalışır. Bu yüzden erkekler kadınlardan daha çok yemek yeme ihtiyacı duyarlar. Kadınlara göre de daha az kilo alırlar. Aynı kilodaki bir kadına göre daha zayıf görünürler. Bu durumda yapılması gereken nedir? Bir kadın kocasının yediğinin yarısı kadar yese yeter. Ona bakıp onun kadar yersen onun iki katı olursun.

– Bakın bunu öğrendiğime çok sevindim. Her zaman bakıyorum Ferhat benden daha fazla yiyor ama kilo almıyor. Ben daha az yediğim halde kilo alıyorum.

– Bir farklılık da erkelerin kas yapıları ile alakalı. Erkeklerin vücudundaki kas sayısı, kadınların kas sayısının iki katıdır. Bu yüzden erkekler, kadınlardan, bedensel güç olarak daha güçlüdür. Bu bilginin sana ne faydası olabilir? Kocan kızgınken üstüne gitme. Sus ve söylemek istediklerini o sakinleşince üslubuna uygun bir şekilde söyle. Erkekler öfkelendiklerinde beden gücü kullanırlar, kadınlar dil gücü kullanırlar. Kadınların dille-

Muhabbet Olsun

ri ile attıkları oklara dikkat etmeleri iyi olur. Zira dil yarasının iyileşmesi biraz zordur.

– Zaten var ya o sinirliyken ben de bağırırsam Ferhat çok kızıyor. Bazen kapıyı çekip gidiyor, sakinleşene kadar eve gelmiyor.

– Kızınca sana karşı güç kullanmaktan korktuğu için evden gidiyor olabilir. İyi bir metod. Bir farklılık da görünmeyen güçler üzerine. Kadınlar dünyasının değer birimi duygu iken, erkekler dünyasının değer birimi güçtür. Kadınlar duyguları ile ve duygusal güçleri ile övünürken; erkekler güçleri, işleri, başarıları, paraları ya da arabaları ile övünürler. Duygu erkek dünyasında geçer akçe olarak pek öne sürülmez. Hatta erkekler duygularını güç kaybına uğrama korkusundan, açığa çıkarmayı tercih etmezler.

– Çok haklısınız. Oğlum bile daha küçük olduğu halde oyunda kazanması ile yani başarısı ile övünüyor. Gücüyle övünüyor. İkide bir "Anne ben seni korurum, korkarsan söyle" diyor.

– Erkeklerin yaratılışında bu var. Bir de biz bunu küçüklükten itibaren destekliyoruz. Erkek çocuklarımızı yedirirken "Yersen güçlü olursun." diye yediriyoruz. Kızları ise "Yemezsen büyüyemezsen, boyun uzamaz, kısa kalırsın." gibi fizik güzelliği ile teşvik ederek büyütüyoruz.

– Bakın buna hiç dikkat etmemiştim ama gerçekten de kızımı yedirirken böyle söylediğimi hatırlıyorum. Oğlumu da "Ye de güçlü ol, kocaman adam ol!" diye yedirmiştim.

– Erkekte güç çok önemli. İşte bunun için erkek, kadın tarafından gelecek gücüyle ilgili saldırılara çok tepki gösterir. Gücü ile ilgili desteğe de olumlu karşılık verir.

Erkeğin yaptığı iş ne olursa olsun, az kazansın, çok kazansın, müdür olsun, temizlikçi olsun, önemli değil, erkek karısının gözünde onun kahramanı olmak ister. Kadın kocasına kahramanıymış gibi davranırsa erkek de ona prensesi gibi davranır.

Bu haftaki görüşmemiz de bu kadar.

– Bu hafta fıkra yok mu?

– Ailesi ile pikniğe giden genç bir kız ormanda kaybolmuş. Genç kızın karşısına bir ayı çıkmış. Birbirlerini sevmişler, bir yuva kurmuşlar. Birkaç yıl sonra ailesi kızı bulup şehre getirmiş. Fakat bir süre sonra kız yuvasını ve kocasını özlemiş.

– Çalıydı çırpıydı ama yuvam idi, karaydı kıllıydı ama kocam idi. Beni niye getirdiniz? demiş.

– Bu fıkranın konuyla bağlantısı hem var gibi, hem de yok gibi, tam anlayamadım.

– Biraz derin bir anlamı var, düşündükçe ortaya çıkıyor. Haftaya görüşürüz.

YEDİNCİ ADIM

– Eşinle konuşurken süzgeç kullan.

– Teraziden sonra süzgece geçtik, hadi hayırlısı bakalım. Umarım erkeklere de kullanacak alet edevat kalmıştır.

– Ne oldu Şirin, konu yine işine gelmedi sanki?

– Neden hep biz kadınlar, bir şeyler yapmak zorundayız, onu hâlâ anlamıyorum.

– Erkeklerin yapması gerekenleri Ferhat'la konuşacağız. Bunu daha önce konuşmuştuk. Sen kendi atman gereken adımlara dikkat edebilirsin ancak. Onun adımlarına bakma.

Şimdi gelelim konuya. Kadın kocası ile konuşurken süzgeç kullanmalı, aklına her düşeni, ağzına her geleni söylememeli. Süzmeli ve tortuları ayırıp en gereklileri söylemeli.

– İyi bakalım neleri süzeceğiz, öğrenelim.

– Öncelikle kadın ses tonunu süzmeli. Kadın, yüksek sesle, bağırarak, çağırarak konuşmamalı. Erkeğin en nefret ettiği şey, yüksek sesle ve emrederek konuşan kadındır. Ona çocukluğunu ve annesini hatırlattığı için kendine çocuk muamelesi yapıldığı hissine kapılarak çok tepki gösterebilir.

– Ferhat da sesimin yükselmesinden hiç hoşlanmıyor. "Bana ses tonunla hükmetmeye çalışma." diyor.

– İkincisi, suçlamalarını süz. Kadın kocasını suçlayarak konuşmamalıdır.

Erkekler suçlandığı zaman değerli olma ve kabul görme duyguları zedelendiği için kızgın ve aşırı alıngan olur.

– Ferhat'a ne zaman bir hatasını söylesem hemen yüzü asılıyor.

– Erkek eleştiriyi, gücüne bir saldırı niteliğinde algılar. Karısı tarafından sürekli eleştirilen erkek, bir süre sonra değerini bilinmediğini düşünerek eşinden uzaklaşamaya başlar. Kendini takdir eden, beğenen bir kadına kapılması uzun sürmez.

– Hassas bir konu yani.

– Üçüncüsü, dertlerini süz. Kadın kocasına sürekli dert yanıp durmamalıdır. Bazı kadınlar kocaları tarafından takdir görmek için, gün boyu hangi işleri yaptığını, ne kadar çok yorulduğunu, yuvası için ne kadar fedakârlık yaptığını anlatır her gün. Fakat kadın takdir beklerken kocanın yüzü asılır, canı sıkılır. Kadınların kendi arasında paylaşmak olarak algılanan bazı davranışları, erkekler tarafından şikâyet olarak algılanır.

Bunun için bir kadın erkeğe ne çok yorulduğunu anlatma huyundan vazgeçmelidir. Ne demiş atalarımız. "Sözünü uyara söyle, uymazsa dön duvara söyle." Madem ki anlatacağın, erkek psikolojisine göre ters anlaşılacak, o zaman anlatmayıver.

Özellikle çocuklarını babasına şikâyet etme. Çocuklarla ilgili sorunları şikâyet eder gibi değil, yardım ve fikir almak için anlatıyormuş havasında anlat.

– Epey bir süzülecek şey var galiba.

– Dördüncü, laf çakmalarını süz. Erkekler netliği severler. Kocana laf çakmanın sana bir faydası olmaz. Hatta yapacağı bir şeyse bile, eşin, onu iğnelediğin için kızıp yapmayabilir. Erkekler ancak, söylenmeden, şikâyet etmeden, suçlamadan açık ve net bir şekilde yardım istendiğinde gayret edip yardım ederler. Erkekler yardım etmeyi severler. Onlara ihtiyaç duyulması hoşlarına gider. Yeter ki kadın yardım istemeyi bilsin.

– Tamam laf çakmaları, şikâyetleri, eleştirileri, suçlamaları süzgecin üstünde bıraktık. Merak ediyorum doğrusu süzecek başka bir şey kaldı mı?

– Birkaç parça daha var. Kadın kocası ile asla alay etmemeli.
– Erkek de karısı ile alay etmemeli.
– Çok haklısın erkek de karısı ile alay etmemelidir. Alay edilmek insanı çok fazla incitir, kırar. Erkekler kendileri ile alay edildiğinde, kurşun yemiş aslan gibi olurlar. Erkek her şeyi unutabilir ama karısının onunla alay ettiğini asla unutmaz. Ne kadar kızarsan kız, eşinle alay etme, o seninle alay etmiş bile olsa. Düşman, onun silahı ile vurulabilir ama eşin senin düşmanın değil, hayat arkadaşın, yoldaşın. Onun yanlışına sen de yanlışla cevap verme. Hele ailesinin yanında, çocuklarınızın yanında kocanı asla küçük düşürme.

– Bir arkadaşım kocasına "Annen, ağıldaki hayvanlarla ilgilendiği kadar seninle ilgilenmemiş." demiş, kocası o günden beri ona soğuk davranıyormuş.

– Çok ağır bir söz bu. Karı koca birbirini inciterek hiçbir yere varamaz. Kocanın işi ile, başarısızlıkları ile alay etme. Başarılı olması için ona baskı yapma. Erkekler başarılı olmak için zaten yeterince uğraşırlar. Kendi kendilerine baskı uygularlar. Eşinden gelecek baskı, sadece erkeğin eşine kızgınlık duymasına sebep olur.

– Tamam süzgeci kullandım, bağırmadım, emretmedim, eleştirmedim, suçlamadım, laf çakmadım, dert anlatmadım; ama ben de sabır taşı değilim. Bir hata yaptığında, canım sıkıldığında bunu ona nasıl anlatacağım?

– Susarak anlatacaksın. Yalnız surat asarak değil, arada çok fark var. Canının sıkıldığını çok iyi bir yüz ifadesi ile göstermelisin. Yüz çeşit yüz ifadesi vardır. Surat asma, küsme ama mahzun dur, az konuş. Kadının sessizliği sağır eder, diye bir cümleyi, bir filmde duyup not almıştım. Erkekler kadınların çok konuşmasından şikâyet etse de, asıl sessizliğinden rahatsız olur. Burada incelik, surat asmadan sessiz olmakta. Yüzüne konduracağın "nazik bir kırıldım ifadesi, mahzun bir bakış" eşinin hatasını anlamasında, pişman olmasında, senin konuşmandan çok daha etkilidir.

– Bu söyledikleriniz çok zor. Hem sus diyorsunuz hem de kibar sus. Bir kadın susabiliyorsa kibarını da beklemeyin yani.

– Susmanın kibarlığı önemlidir ama. Susmanın çeşitleri vardır. Yüz ifadenle "Allah belanı versin, umurumda değilsin, bunun acısını senden mutlaka çıkaracağım, kendini ne zannediyorsun" gibi eşine pek çok hakaret ediyor olabilirsin. Bunun için yüz ifadesi sözlerden daha önemlidir. Beden dilinde sözler yüzde on önemlidir. Kalanı bakış, duruş, ses tonu ve davranışlardır.

– Sizi dinlerken şunu düşündüm. Çoğu zaman ne yaptığımızın farkında olmuyoruz. Mesela bakışlarımızla pek çok şey anlatıp sonra da "ben ona ne dedim ki" deyip yağ gibi suyun üstüne çıkmaya çalışıyoruz.

– Kadınlar ayna karşısında güzelleşmek için geçirdikleri zamanı, bakışlarımla ne anlatıyorum, güzel gülümsüyor muyum gibi, ayna karşısında davranış provaları yaparak geçirseler, o zaman daha güzel görünmeyi başarabilirler. İnsanın yaratılmış olan yüzünü gözünü değiştirmesi mümkün değil ama bakışını gülüşünü değiştirmesi mümkün.

– Ferhat bu söylediklerinizi duysa eminim şöyle der. "İşte sana söylemek istediğim buydu. Bana dik dik bakma!"

– O zaman bu haftayı, ayna karşısında, bakış ve yüz ifadenle ne anlattığına dikkat ederek geçir.

SEKİZİNCİ ADIM

– *Eşini tanımak için gayret sarfet.*

– Ortak özelliklerden sonra şimdi de kişilik özelliklerine geçtik galiba.

– Aynen öyle. Evet, kadınların ve erkeklerin yaratılıştan gelen ortak özellikleri var ve bunları bilmek gerekli ama bir de her insanın kendine has ayrı bir karakteri var. Bu yüzden insanın eşinin karakterini iyi tahlil etmesi ve ona göre davranması gerekli. Herkesin hassas olduğu farklı kırılma noktaları vardır. Mesela bir erkek için yemeğin vaktinde hazır olmaması sorun iken, başka bir erkek için evin dağınık olması sorun olabilir, başka bir erkek için ise başka bir şey. Bu yüzden eşini iyi tanıman ve eşinin hassasiyetine dikkat etmen önemli.

– Ferhat bazen mutfakta bana yardım ediyor. Salata yapıyor, sarımsak soslu makarna falan yapıyor. Fakat bütün mutfağı birbirine katıyor, tabi ben toplamak zorunda kalıyorum. Ortalığı dağıtmadan iş yapmasını söylediğim zaman çok kızıyor. Bir daha yardım etmeyeceğim deyip mutfaktan çıkıyor.

– Kadınlar ve erkekler aynı işi yapsalar da farklı tarzlarda yaparlar. Bunu kabul etmek lazım. Bir erkeğin ev işini ve yemek yapımını, bir kadın hassasiyetinde yapmasını beklemek yanlış olur.

– Erkekler hiçbir işi tam yapmıyorlar. Mesela ben yorgun ya da hasta olduğum zaman Ferhat mutfağı topluyor, bulaşıkları yıkıyor ama asla ocağı silmiyor. "Benim prensiplerim var ocak silmem." diyor.

Sema Maraşlı

– Bence sen yaptığı kadarına razı olsan iyi olur, söylenirsen onu da yapamaz olur. Bir de her insanın ailesinden görüp öğrendiği şeyler de farklıdır. Bu da kişiye farklı bir hayat görüşü kazandırır. Mesela; adam diyormuş ki "Karşı komşu çok kılıbık. Ben ne zaman balkon yıkasam o hep çamaşır asıyor." Yani herkesin bakış açısı farklı. Bu yüzden eşi iyi tanımak önemli.

– Bu noktayı bazen gözden kaçırıyoruz.

– Bu çok önemli bir nokta. Mesela bazı kadınlar çevreden gelen dostça öğütleri kocasının karakterini göz önüne almadan uygulayabiliyorlar. Kadınlar; eşleri ile, evlilikleri ile ilgili konuları konuşmayı severler. Bir kadın evinde bir sorun yaşadıysa onu bir arkadaşı ya da yakını ile paylaşmadan duramaz. Derdini paylaştığı kadın da akıl vermezse, yol yöntem göstermezse duramaz, aksi takdirde çatlar. Serde annelik güdüleri var. İşte bu noktada dikkatli olmak lazım. Alınan akıllar, o kişinin kocasına ve aile yapısına birkaç beden büyük ya da küçük gelebilir. İşte o zaman evde işler sarpa sarabilir.

– Bu konu ile ilgili bir arkadaşımın başından geçen bir olay var. Ben de size onu anlatayım. Arkadaşıma komşusu "Ben para almadan kocamla birlikte olmam." diye eşiyle ilgili özel bir sırrını anlatıyor. Arkadaşımın bu duyduğu pek hoşuna gidiyor. Akşam kocası yanına yaklaşınca "Para vermezsen olmaz." diyor. Adam öyle bir sinirleniyor ki arkadaşımı kucakladığı gibi dış kapının önüne koyuyor. "Parayla olduktan sonra sokakta çok!" diyor.

– Yanlış yönlendirmelerle ilgili bir de internet var. Orda da pek çok sitede ilişkiler üzerine köşeler var. Bu konularda neredeyse herkes dertli olduğu için memleket meselelerinden daha çok tıklanıyor. Çoğunluğu test şeklinde ya da maddeler halinde. "Kocanız sizi aldatıyor mu, on adımda öğrenin, Sizi hâla seviyor mu onu test edin, Romantik bir akşam için yapılması gerekenler, Erkeğin yalan söylediğini nerden anlarsınız" tarzında

Muhabbet Olsun

birbirinin tekrarı şeklinde testler ve öğütler var. Bunlara karşı da temkinli olmak gerekir. Çünkü bunların çoğu kişilik özellikleriyle alakalı sorular.

– Evet bir kere gazeteden bu testlerden doldurmuştum da "kocanız sizi aldatıyor" diye çıkmıştı sonuç. Günlerce Ferhat'ı takip ettim ama aldattığı ile ilgili bir delil bulamadım.

– Kadın, eşini gazete testlerine bakarak değil, eşinin olaylar karşısında tepkilerine bakarak daha kolay tanır, bunu unutma Şirinciğim. Bu hafta eşini iyice gözlemle ve onu daha yakından tanımaya çalış.

DOKUZUNCU ADIM

Eşini değiştirmeye çalışma.

— Değişmiyorlar ki zaten. Bir söz okumuştum. Kadınlar evlenmeden önce, erkeğin değişeceğini umarlarmış. Erkekler de kadının değişmeyeceğini. Evlendikten sonra erkek değişmez kadın değişirmiş. Ferhat bana "Evlenmeden önce çok uysaldın hep öyle olacaksın zannediyordum ama çok değiştin." diyor. Ama ben Ferhat'ı değiştiremedim.

— Her kadının kafasında bir erkek modeli vardır. Bu hayalî bir erkek de olabilir, kadının sevdiği bir akrabası da olabilir ya da bir dizi kahramanı da olabilir. Kadın çoğu zaman farkında olmadan, kocasını o kalıba uydurmak için uğraşır. Erkek ise eşinin onu bir kalıba sokmaya çalışmasına hep direnir.

Kadın, erkeğe değişmesi gerektiğini açıkça ya da dolaylı yollardan belirttiği zaman erkek çok incinir. Kadın kocasına, ne kadar çok onu sevdiğini söylerse söylesin, değişmesini istiyorsa kocasına yaşattığı sadece hayal kırıklığı olacaktır. Erkeğin romantik olmasını isteyen kadın erkeği romantizmden iyice soğutacaktır.

— Ben artık Ferhat'tan romantik olmasını falan istemiyorum. Yıllarca uğraştım, romantik bir erkek olması için gayret sarf ettim, bunu ona defalarca söyledim ama bir faydası olmadı. Ben üzerine gittikçe yaptığı kibarlıkları, küçük sürprizleri de bıraktı.

— Doğru bir tespit, kadın erkeğin üzerine gittikçe, erkek yaptıklarını da bırakır. Çünkü hayat arkadaşı tarafından beğenilmemek erkeği çok yaralar. Erkek kendini küçük düşürülmüş hisseder. Erkekler bu durumlarda kırıldıklarını da söylemezler.

Muhabbet Olsun

Kadının eşini değiştirme çabaları erkeğin yetersizlik hissine kapılmasına, daha iyi olmadığı için utanç duymasına sebep olabilir. Bu durumda erkek daha iyi olmak yerine, kendi de karısında kusur aramaya ve onu incitmeye başlar.

– Çok şey istemiyoruz aslında, neden istediklerimizi yapmıyorlar ki?

– Sana göre çok olmayabilir ama istediklerin erkeğe göre ağır olabilir. Kadın gönlü ister ki "Kocam maç izlemesin, arkadaşlarıyla takılmasın, her zaman yanyana, cancana olalım." Ama hayat bu, insanın gönlünün her istediği olmaz. Çünkü arzu edilen bu durum, erkek fıtratına aykırı.

Velev ki kadın duygusal şantajla ya da başka bir yöntemle kocasını her akşam evde tutmayı başardı; fakat erkeğin bu gönülsüz kabulü evde muhabbeti sağlamaz.

– Bakın bu kez benim aklıma bir fıkra geldi. Konu ile bağlantılı gibi duruyor.

Annesi küçük çocuğu yaramazlık yaptığı için azarlamış. "Git şu sandalyede otur ve ben kalk diyene kadar da sakın oradan kalkma." demiş.

Çocuk gidip sandalyeye oturmuş. Birkaç dakika sonra;

– "Anneciğim dışım oturuyor ama içim ayakta. Bir mahsuru var mı?" diye sormuş.

– Konuya uydu. Zorla yaptırılan işlerden pek iyi sonuç alınamayacağını güzel anlatıyor. Erkek de karısı tarafından engellenmişse, dışı evde olsa bile içi evde olmaz.

– Tamam bu hafta kocamı değiştirme isteğimle ilgili, gizli, açık, bütün beklentilerimi yok etmeye çalışacağım. Onu olduğu gibi sevmek için gayret sarf edeceğim.

ONUNCU ADIM

– *Kendin değiş.*

– Neden değişmem gerekiyor?

– Gidişattan memnun değilsen, bir şeylerin de değişmesini istiyorsan, eşini değiştiremeyeceğine göre kendini değiştir. Zaten genellikle kadın değiştiğinde erkek de farkında olmadan değişir.

– Ben değişirsem Ferhat da mı değişecek?

– Evet. Sen değiştiğinde onun aynı kalması mümkün değil. İki kişi bir araya gelince üçüncü mutlaka doğar. Kadın ve erkeğin bir araya geldiğinde, çocuktan önce ilişkileri doğar. İlişki kadın ve erkeğin davranışlarından doğar. Birinin davranışı değiştiğinde aralarındaki ilişki de değişir.

Evlilik, karı koca ilişkisinin beşiğidir. Evlilik öncesi, tanışma ve nişanlılık dönemi; ilişkinin hamilelik devresidir. Bir arada yaşamaya başlamadan nasıl bir çocuğunuz olacağını tam olarak bilemezsiniz. İlişkinin doğumu evlilikle, aynı evde yaşamaya başlayınca, gerçekleşir. İlişkiler de aynı bebek gibidir. Doğar, büyür, ölür. İyi bakılırsa uzun yıllar yaşar.

– Bizim ilişkimiz az daha ölüyordu.

– Bugüne kadar onu sağlıklı besleseydiniz, bu durumda olmazdınız. İlişkinizi sevgiyle de besleyebilirsiniz, kırgınlıkla da, kızgınlıkla da, inatla da, kıskançlıkla da. Size kalmış.

– Çok hata yapıyoruz. Belki de sorun bizde. Biz ikimiz de çok iyi insanlar olsak mutlu mutlu yaşarız.

– İki kişinin iyi anlaşabilmesi, mutlu bir evlilik yürütebilmesi için ikisinin de iyi insanlar olması gerekmez. İki kötü de bir-

Muhabbet Olsun

biri ile iyi anlaşabilir. Bir iyi, bir kötü de anlaşabilir. Ya da iki iyi insan birbiri ile hiç anlaşamayabilir. Suyu oluşturan oksijen ve hidrojendir. İkisi bir araya geldiğinde, "su" diye ikisinden çok farklı bir şey ortaya çıkar. Karı kocanın ilişkisi de ikisinin birbirlerine karşı tutum ve davranışlarıyla şekillendiği için, eşlerin tutumlarına göre ilişkileri değişir.

– Bu yüzden taraflardan birinin değişmesiyle ilişki değişir, diyorsunuz.

– Evet. Eşinin davranışını değiştirmeye kimsenin gücü yetmez fakat insan gayret ederse kendi davranışlarını değiştirebilir. Fakat kadınlar değişim konusunda pek istikrarlı olamıyorlar. Değişime istekliler ama hemen karşılık görmek, sonuç almak istedikleri için, karşılık göremeyince çabucak vazgeçiyorlar. Hemen vazgeçmeseler, evliliklerinde olumlu değişimler yaşayacaklardır.

– Bu biz kadınların suçu mu? Erkekler de kadınlara hiç destek olmuyor. Şimdi sizinle konuşunca birkaç değişim isteğim aklıma geldi. Mesela bir arkadaşımıza gitmiştik, arkadaşım kocasına sürekli "kocacığım kocacığım" deyip duruyordu. Eve gelince Ferhat "Sen hiç bana kocacığım demiyorsun" diye sitem etti. Ben de ertesi günü ona "kocacığım" dedim bana güldü. Ben de bir daha demedim.

– Şirinciğim durumu çok güzel özetledin. Zaten bütün sorun bu. Kadın değişim isteğiyle farklı bir şey yaptığında, kocasına tuhaf gelebilir, gülebilir ya da ne yapacağını şaşırıp hiç tepki vermeyebilir. Bu durumda kadın "ne yapsam faydası yok, bu adam hiçbir şeyden anlamıyor ya da dalga geçiyor" diye hemen vazgeçmemelidir. Yaptığına devam ederse bir süre sonra eşinde beklediği tepkiler oluşmaya başlayacaktır.

– Yani "kocacığım" demeye devam etseydim alışır giderdik öyle mi?

– Evet. Önemli olan istikrarlı olmak, vazgeçmemek.

– Bu adımı da atmayı deneyeceğim ama tabi biraz daha uzun vadeli bir adım bu.

– Zaten her şeyi birden bire yapmanı beklemediğimi söylemiştim. Yaptığının farkında bile olman bir adımdır.

ON BİRİNCİ ADIM

— *Cinsel hayatınızı önemse.*

— Muhabbetin yatak odasına geldik galiba.
— Evet. Cinsel hayat, karı koca arasında bir muhabbet vesilesidir. Bu yüzden de bu konuda yaşanan sorunlar karı kocayı birbirinden uzaklaştırır. Karı koca arasında bir tatsızlık olduğunda bunun cinsel hayata yansıtılması çok yanlıştır. Oysa tam aksi sorunların çözüm yeri, yakınlaşmaya ve muhabbete vesile olan yer, yatak odası olmalıdır.
— Sorunlarını yatak odasında çözebilen karı koca var mı acaba? Bana imkânsız gibi geliyor. İnsan üzgünken ya da kızgınken birbirine dokunmak bile istemiyor. Değil ki orda sorun çözsün.
— Sorun zaten böyle düşünmende.
— Normal değil mi bu? Küçük ya da büyük dertte ilk etkilenen cinsel hayat oluyor doğal olarak. Benim bir erkek kardeşim genç yaşta öldü. O öldükten sonra annem ve babam cinsel hayatlarını bitirdiler. "Oğlumuz toprağın altındayken biz nasıl böyle şeyler düşünebiliriz?" diye.
— Büyük ihtimalle bunu annen söylemiştir. Peki o günden sonra araları nasıl?

Şirin biraz düşündü.

— Onunla mı alakalı yoksa kardeşimin ölümü ile mi alakalı bilmiyorum ama o günden sonra annemle babam sanki birbirlerine el oldular. Birbirlerini çok severlerdi, babam annemin gözünün içine bakar, hastalansa eve doktor getirirdi. O günden sonra babam anneme hiç ilgi göstermez oldu, artık aynı evi paylaşan iki yabancı gibiler.

– Ölüm geride kalanları genellikle birbirine yakınlaştırır. Annen ve babanın birbirlerine uzaklaşması, cinsel hayatlarını bitirmelerinden olmuştur büyük ihtimalle. Kadın erkek arasındaki farklılıklarından en önemlisi de cinsellik konusundaki farktır. Cinsellik, erkekler için yemek içmek kadar doğal bir ihtiyaçtır. Acıkınca yemek yeme ihtiyacı gibi bir durum yani. Kadın fizyolojisi böyle olmadığı için kadınlar, erkekleri anlamakta zorlanıyorlar. Erkeğin cinsel ihtiyaçlar, kadınlara genellikle fazla geliyor ve eşlerini reddediyorlar. Reddedilmek de erkekleri fazlasıyla etkiliyor ve eşlerinden uzaklaşmalarına sebep oluyor.

– Ama insan mecbur reddediyor. Yorgun oluyorsun, hasta oluyorsun, kızgın oluyorsun, kırgın oluyorsun, canın istemiyor. Yani sebebin olabiliyor. Erkeğin o zaman karısını anlayışla karşılaması gerekiyor, diye düşünüyorum.

– Kadın eğer cinsellikten keyif almıyorsa, pek çok bahane bulabilir tabi. Ayrıca yorgun olmak bir bahane olmamalı. Eskiden kadınlar dere kenarında buz gibi suyla yıkanırlarmış. Neredeyse herkesin evinde sıcak su var. Ayrıca banyo yapmak yorgunluğa çok iyi gelir.

Dinimize baktığımızda, sevgili peygamberimiz, aile mutluluğu için kadınların kocalarını reddetmemelerini öğütlüyor. Cinsellik aile saadeti bakımından çok önemli bir konu. Cinsellik konusunda sorun yaşayan çiftler, eften püften konularda kavga ederek, açıkça dışa vuramadıkları sıkıntılarının acısını başka şeylerden çıkarırlar.

Şirin hiç sesini çıkarmadı. Sadece yere baktı.

– Kadının cinselliği görev olarak değil, keyif olarak yaşaması gerekir. Kadın eğer cinsellikten hoşlanmıyorsa, bir sorun var demektir ve öncelikle kendisi için tedavi olmalıdır.

– Biliyorum. Bunun için haplar varmış. Ferhat'ın sayesinde öğrenmiş oldum.

Muhabbet Olsun

– Ne hapından bahsettiğini anlamadım.

– Ben de cinselliği sevmeyen kadınlardanım. Evlilikte cinsellik hiç olmasa, çok mutlu olacağım.

– Tahmin etmiştim.

– Bir gün Ferhat'ın çalışma masasının çekmecesinde bir ilaç buldum. Onun da benim de kullandığımız bir ilaç değildi. Ne olduğunu merak ettim ve eczaneye götürüp gösterdim. Eczacı "Kadınların cinsel isteğini artırmaya yarayacak bir ilaç" olduğunu söyledi. Ne kadar utandığım tahmin edemezsiniz tabi.

Şirin bir süre sustu, derin derin nefes aldı. Sonra anlatmaya devam etti.

– Akşam Ferhat'a ilacı gösterip, neden evimizde bu ilacın bulunduğunu sordum. Önce söylemek istemedi renkten renge girdi sonra itiraf etti. Hapı benim için almış. Bazı akşamlar arada bir içtiğimiz gazozun içine atarak bana içirmiş.

– Kocanın elinden de gazoz içmemek gerekiyor demek ki.

– Dalga geçmeyin lütfen.

– Kusura bakma bir an aklıma Türk filmleri geldi. Neyse en azından kocanın niyeti kötü değil. Seninle mutlu geceler geçirmek için yapmış.

– Evet mutlu geceler geçireyim derken az daha beni öldürüyormuş. Çünkü ilacı sorduğum zaman eczacı birde uyarıda bulundu. "Yüksek tansiyon hastaları kullanamaz, onlar için kuvvetli yan etkileri var." dedi. Bende yüksek tansiyon var.

– Ferhat bunu bilerek yapmamıştır herhalde.

– Yan etkisi olduğunu bilmiyormuş. Düşünsenize ben bu hap yüzünden ölseydim Ferhat iyi niyetle karısını öldüren koca olarak cezaevine girebilirdi. Suçunu sorana ne derdi acaba? Böyle bir suçtan içeri düşen, sorana ne der bilmiyorum.

– Ferhat'ın niyeti kötü değil. Başka bir kadına gitmek yerine, seninle mutlu olmak istemiş. Yalnız yol ve yöntem yanlış ama demek ki başka ne yapacağını bilememiş. Büyük ihtimalle internetten reklamını gördüğü bir ürünü sipariş edip almış. Cinsellik üzerine çok büyük bir pazar sektörü kurulmuş. İnternette insanlar sürekli bu ilaçların tanıtımları ile muhatap oluyorlar. Satın almaları için teşvik ediliyorlar. Fakat bu ilaçlar tedavi amaçlı değil, çoğunun da yan etkisi var. Zaten cinsel isteksizlik sorunu ilaçla değil, terapi ve eğitimle çözülebilecek bir sorun.

– O ilacın bana hiç faydası olmadı. Sahte miydi acaba?

– Sahte de olabilir ama esas sebep senin ilaç aldığını bilmemenden kaynaklanıyor olabilir. Çünkü cinsellik tamamen beyinle alakalıdır. İlacı bilerek içseydin belki faydası olurdu, psikolojik olarak etkilenirdin. İyileşeceğine inanmayan hastayı hiçbir ilaç iyileştiremez, derler. Bu durum da onun gibi bir şey.

– Ferhat ilaç alacağına, bana nasıl davranacağını bilseydi, daha iyi olurdu diye, düşünüyorum.

– Haklılık payın var. Kadının cinselliği gömülü bir hazine gibidir. Erkeklerinki gibi açık bir ihtiyaç değildir. O hazinenin ortaya çıkması için erkeğin biraz uğraşması lazım. Kadınların duygusal ihtiyaçları, bedensel ihtiyaçlarından önce geldiği için, kadınlar cinsellik öncesi tatlı sözlerle cinselliğe hazırlanmak isterler. Burada erkeğin kadına nasıl davranması gerektiğini bilmesi önemli ama bu konuda sorumluluğu sadece erkeğe yüklememek gerekiyor.

– Kadının bu konuda sorumluluğu nedir?

– Önce isteksizliğin sebebini bulmak lazım. Kadın çocukluktan itibaren cinsellik acı, ayıp, günah ya da erkeğin hakkı gibi bir yanlış fısıltılarla büyüdüyse o düşüncelerin etkisini atamadığı için cinselliği sevmiyor olabilir.

Kadın, bedeni ve cinsellik hakkında, doğru bilgi sahibi olmadığı için de cinsellikten hoşlanmıyor olabilir. Her şeyin bir ilmi var. Patates soymanın bile. Cinsellik gibi önemli bir konu-

Muhabbet Olsun

da insanlar ancak hayvanların bildiği kadar bilgi ile evlenince böyle sorunlar doğal olarak yaşanıyor. Bu yüzden evlilik öncesi kadın ve erkeğin eğitim alması gerekli.

– İnternette bu konuda siteler var.

– İnternet daha çok bu konuyu porno olarak alıyor. Porno bilgi verici değil sadece yoldan çıkarıcıdır. Eşlerin mutsuzluğunu artırır. Fakat doktorların hazırladığı eğitim amaçlı, bilgi verici sitelerden faydalanılabilir.

– Kadın eğitim alırsa cinselliği sevebilir mi yani?

– Evet. Cinsellik sadece erkekler için değil kadınlar için de bir zevk ve muhabbet vesilesi olarak yaratılmıştır.

Bunun için de kadının eşine yardımcı olması gerekir. Hoşlanmıyorum ya da başım ağrıyor diye yataktan kaçmak yerine cinsel hayatı ciddiye almalı ve eşine yol göstermelidir. Kadın, eşinden kaçmamalı, giyimiyle, kuşamıyla, duruşuyla, ona hoş görünmelidir. Vücut temizliğine özen göstermeli, dişleri temiz olmalı, kötü kokmamalı. Eşinin beğendiği parfümleri kullanmalı.

– Ferhat parfüm sevmez.

– Olabilir, eşin sabun kokusu seviyorsa, ona itici gelen kokuları ısrarla kullanmamalısın. Eşinin beğendiğini kokuyu tercih et. Kokular insanları çok etkiler.

– Korkarım bunun devamında, eşin için özel çamaşırlar da giyinmelisin, diyeceksiniz.

– Aynen öyle. Eşinin hoşuna gidiyorsa özel iç çamaşırlar giymelisin. Memleketimizde öyle uçlarda kadınlar var ki birinin sokakta giydiğini, diğeri yatakta giymeye utanıyor. Erkek sokakta görünce evinde de görmek istiyor.

– Doğrusu cinsellik yaşamak yerine, yemek yapmayı ve mutfak önlüğü takmayı tercih ederim. Böyle bir seçeneğim yok mu?

— Buna şaşmadım. İnsanda haz alma duygusu mutlaka vardır. Cinsellikten haz alamayan kadınların bir kısmı kendini yemek yapmaya, bir kısmı temizlik yapmaya, bir kısmı alışverişe verir. Mesela bir hanım kocasının onun mutfakta yemek yaparkenki halini kıskandığını söyledi. Kocası "Mutfağa girince kendini kaybediyorsun." diyormuş. Erkek istiyor ki karısı sadece onunla birlikteyken kendini kaybetsin.

— Erkekler çok bencil ya!

— Bu bir bencillik değil. Çünkü cinsellik erkek için sadece bedenî bir ihtiyaç değildir. Aynı zamanda sevme ve sevilme ihtiyacıdır.

— Sevme ihtiyacı diyorsanız işte o zaman durum değişir. Ciddiye almak gerekir.

— Bu hafta da eşinle muhabbet için önemli bir adımı konuştuk. Haftaya görüşürüz.

ON İKİNCİ ADIM

– *Fazla sorumluluk üstlenme.*

– Buna şaştım doğrusu. Şu ana kadar, o kadar erkeklerin tarafından konuştunuz ki evdeki bütün sorumluluğu üstlen de kocan rahat etsin diyeceksiniz, diye bekliyordum.

– Tam tersi Şirinciğim. Aslında bütün anlattıklarım senin menfaatin ve mutluluğun içindi. Sen mutlu olmadan, kocanı mutlu edemezsin. Ben sana yük yüklemiyor, bilakis çağın getirdiği bütün yükleri at ve sadece kadın ol, diyorum.

– Bilmiyorum. Anlattıklarınızı kabul etmekte zorlanıyorum bazen.

– Yavaş yavaş Şirinciğim, yavaş yavaş, istersen olur. Gelelim bugünkü adıma. Bir kadın eşinin sorumluluklarını yüklenmemeli. Fakat günümüz kadını, her işi yapıyor, her şeyi biliyor.

– Bilmek de mi suç oldu?

– Tabi ki değil. Bilen kadın olsun da, bilmiş kadın olmasın. Arada çok fark vardır. Bilmek mütevazılığı, bilmişlik bilgili olduğunu ispatlamayı getirir. Kadın her şeyi bilse bile, kocası bir söze başladığında "Ben onu biliyorum." diye söze atlamamalı.

– Aslında bu herkesle konuşurken uygulanması gereken bir nezaket kuralı. Karşıdakinin anlattığını daha önce duymamış gibi dinlemek...

– Çok haklısın. Kadınların çoğu bunu başkaları ile konuşurken uygulamalarına rağmen kocaları ile konuşurken uygulamıyorlar. Kocası ile sürdürdüğü gizli yarışın bir neticesi belki bu. "Kadın, diye beni ezmeye, hor görmeye çalışma, bak ben senden çok biliyorum." demek isteniyor sanki.

– Yani kadın haklarından bahsedildikçe, kadınlarda, ezildiği düşüncesinden doğan bir aşağılık duygusu oluştu, bunun neticesi olarak da kadın bunu bastırmak için erkekten üstün görünmeye mi çalışıyor?

– Aynen öyle. Kadın "Onu da bilirim, bunu da bilirim, becerikliyimdir, onu da yaparım bunu da yaparım!" diye hiçbir şeyde erkeklerden geri kalmak istemiyor.

Erkek de "Biliyorsan yap o zaman!" diye kendi sorumluluklarını kadının üzerine bırakıyor.

– Erkeklerin de bu işine geliyor bence.

– Evet, erkeğin işine geliyor ama kadın her şeyi bilince erkek artık kendini gereksiz görmeye başlıyor. Kadın erkekten rol çalmış oluyor. Karısının çocuklarının ona ihtiyacı olduğunu, o ailenin temelinin evin direğinin kendi olduğunu bilmek, erkeği gayrete getirip sorumluluk üstlenmesini sağlar. Kadın her zaman için kocasına, ona ihtiyacı olduğuna hissettirmeli.

– Bunun için mi bu kadar yorulduğum halde Ferhat"a yaranamıyorum?

– Yaranamazsın çünkü büyük ihtimalle, aynı zamanda, yaptığın işlerden dolayı söyleniyorsundur.

– Evet, çünkü kıymetimi bilmiyor.

– İşte bir sorun da bu. Fazla sorumluluk alan kadın çok yorulur. Ayrıca kadının beklentileri de artar, kocasından daha fazla ilgi bekler, göremeyince haksızlığa uğradığını düşünür ve kocasını daha çok suçlar. Evin ve çocukların işlerini üstüme yıkıyor ama kıymet bilmiyor, takdir etmiyor, diye kızar.

– Ne yapacağız o zaman aptal mı oynayacağız?

– Buna ben cevap vermeyeyim. Başarıları ile ünlü bir kadının sözünü aktarayım sana "Bana zeki diyorlar, gerçekten zeki olsaydım kocama aptal görünmeyi becerebilirdim." demiş.

Muhabbet Olsun

— Erkekler aptal kadınları mı sever, demek istiyorsunuz.

— Tabi ki hayır. Her erkek karısının akıllı mı aptal mı olduğunu gayet iyi bilir. Erkek akıllı karısının, onun kadar bilemeyeceğini görmek ister sadece. Karısı bilgisiyle onu dövmeye çalışmasın ister. Karısının ona ihtiyacı olduğunu görmek ister. Az önce söylediğim gibi erkekler ihtiyaç duyulduklarında, güçlerini hissederler ve harekete geçerler. Kadınlar ise sevildiklerini hissettiklerinde harekete geçip güçlenirler.

— Bu haftaki adımı çok sevdim. Şu sorumlulukların birazından kurtulayım. Görüşmek üzere..

ON ÜÇÜNCÜ ADIM

– Maddi konuları sorun etme.

– Bir erkekle yaşıyorsan bu mümkün mü? Birkaç gün önce bu konuda bir tartışma yaşadık. Geçen hafta indirimde çok beğendiğim bir kıyafeti gördüm. Ferhat "Param yok, bütçemizi zorlar." deyip almadı. Fakat ertesi günü gidip kendine kıyafet almış. Gel de sinirden çatlama.

– Buna benzer sorunlar hemen her ailede olur. Harcamalar konusunda sorun, erkeklerin ve kadınların ihtiyaç diye baktığı şeyler farklılığından kaynaklanır. Birinin ihtiyaç gördüğünü, diğeri gereksiz görebilir.

Erkek, kadının zaten yeterince giysisi olduğunu ve yenisine ihtiyacı olmadığını düşünür. Oysa kendi harcama yaptığı yeri zaruret olarak görür. Gidip kendine giysi alabilir ya da arabası için ya da annesi için daha büyük bir harcama yapabilir, ihtiyaç diye.

– Onu hiç hatırlatmayın. Onu çok yaptı. Bana "param yok" deyip annesine hediye aldığı ya da maddi yardım yaptığı çok oldu. Aslında birlikte hesap kitap çıkarıp harcamalara birlikte karar versek daha iyi olur.

– Erkekler bunu pek istemezler. Erkek, parayı kazanan kendi olduğu için, harcama konusuna da kendi karar vermek ister. Kadın çalıştığında bile, erkek kazancın birleştirilmesini ve harcamaların kendi elinden olmasını ister, çoğu ailede. Erkekler güç odaklı oldukları için, parada bir güç göstergesi olduğundan, gücün kadının elinde olması erkeği rahatsız eder. Bu yüz-

Muhabbet Olsun

den kadınların eşinin harcamalarına fazla müdahale etmemesi daha uygun olur.

– Ferhat'ın mutfak harcamaları konusunda eli açık. Sadece ev eşyaları alırken biraz sorun çıkarır. Ama en azından Ferhat cimri değil. Bir arkadaşımın kocası zengin ama çok cimri. Arkadaşımın cüzdanında, benim cüzdanımdakinden daha az harçlığı var.

– Erkeğin de kadının da cimri olması, aile de oldukça ciddi bir sorundur. Cömert kadın, cimri koca ya da cimri kadın, cömert koca evlilikleri zor yürür. Birbirini dengeler gibi görünse de geçinmesi oldukça zordur. İki türlüsünde de sinirlenen kadın olur, zorlanan erkek olur. Kadın cimri, koca cömertse kadın kocasının neredeyse bütün harcamalarına sinir olur. Kendi zaten harcamaya kıyamaz, sürekli para biriktirmeye çalışır. Kocası da parayı harcadığı için sürekli birikim yapalım, diye adamın başının etini yer.

Kadın cömert, koca cimriyse o da ayrı bir zorluktur. Cimri erkek kazancı iyi olduğu halde ailesinin acil ihtiyaçlarını bile sorun çıkararak alır. Mutfak harcamalarını gramla kuruş kuruş hesap ederek alır, bitince de nasıl kullanıp da çabuk bitirdiğinin hesabını sorar. Bu durum kadın için daha da zordur.

– Arkadaşımın babası da çok cömert biriydi. Elindeki avucundakini ailesi için harcardı. Bu yüzden kocasının para konusunda tutumunu bir türlü kabullenemiyor, her görüştüğümüzde neredeyse sadece bu konuyu konuşuyor.

– Zengin kocayla fakir hayatı yaşamak, kadının sürekli zihnini ve çenesini yorar. Fakat yapacak pek bir şey yoktur. Cimri birini, cömert hale getirecek bir formül yok. Çünkü huylar çocukluktan edinilir. Kocası ya çok fakirlik görmüştür ya da sorunlu bir çocukluk geçirmiştir ya para konusunda yanlış eğitim verilmiştir, yani bir şekilde cimri olmuştur, yapacak bir şey yok. Bu durumda kadının yapacağı kocasının huyunu kabul etmesi ve bu yüzden kendini mutsuz etmemesi olabilir.

— Yani arkadaşımın yapacağı hiç bir şey yok, diyorsunuz.

— Her zaman yapacak bir şey vardır. Kocasının cimriliğini adamın başına sürekli kakmasın, tam aksine, kocası evin en acil ihtiyaçları için harcama yapsa, mesela bir ekmek bile alsa teşekkür etsin, belki o zaman kocasında harcama hevesi ve isteği uyandırabilir.

— Söylediklerinizi ona ileteceğim. Durumunu iyi görmüyorum, depresyon ilacı kullanıyor.

— Eşiyle para sorunu yaşayan pek çok kadın aynı hataya düşüyor. Kadın yıllarını kocası ile para yüzünden tartışarak geçiriyor. Sonra sinirden, stresten hasta oluyor. Sonra da doktor doktor geziyor. Milyarlar vererek alamayacağı sağlığını, üç kuruş para davası için satmış durumunda kalıyor.

— Kocası cimri olduğunu hiç kabul etmiyor.

— Hiçbir cimri, cimri olduğunu kabul etmeyeceği için, arkadaşın da kocasının gözünde para yiyici, israfçı, hiçbir şeyden memnun olmayan, nankör kadın konumundadır mutlaka.

— Arkadaşım, ölsün diye kocasına beddua edip duruyor.

— Cimri kocası olan kadınların en büyük duası, kocasının kendinden önce ölmesi ve onun kıyamadığı paralarını çatır çatır yemektir. Fakat genellikle kadın kocasına çok sinir olduğu için erkenden dert sahibi olur ve kocasından önce ölür, hayatına yazık olur.

— Kocasının cimrilikten başka kötü huyu yok; ama bu onlara mutsuzluk olarak yetiyor.

— Arkadaşın kızgınlık beslemeyi bırakıp, kocasının olumlu yanlarını görmeye çalışsın. Mesela cimri koca para harcamamak için çok gezmez, akşamları evde, karısının yanında olur.

Zihni paraya odaklı olduğu için, para sorunu olmadıkça başka konularda pek sorun çıkarmaz. Kendinden para istemedikçe karısına pek karışmaz.

Muhabbet Olsun

En iyi tarafı ise cimri kocalar çapkınlık yapmazlar. Başka bir kadına daha para yedirmek istemezler. Kadının kocasından yana içi hep rahat olur. İmtihan dünyası. Her şey bir arada olmuyor.

— Bu durumda para konusunu mesele etmeden yaşamak kalıyor bize o zaman. Bu çok önemli bir adım. Bunu başarabilirsem kocaman bir adım atmış olurum. Teşekkür ederim.

ON DÖRDÜNCÜ ADIM

— Umma ki; küsmeyesin.

— Güzel söz. Bu hafta beklentilerden konuşacağız anladığım kadarıyla.

— Evlilerin pek çoğunda beklentilerinin yerine gelmemesinden dolayı, birbirlerine karşı kırgınlık var. Beklentiler insanı yorar ve yıpratır. Umma ki küsmeyesin, demişler. Kadınlar erkeklerden çok şey umuyorlar ve çokça da küsüyorlar, küsmeseler bile kırılıyorlar.

— Evlilikle ilgili hayaller, hep hayal olarak kalır diyorsunuz yani.

— Şirinciğim, senin hayal dediğin aslında hayal falan değil. Tek adı var, beklenti. Evlilikle ilgili beklentiler daha bekarken başlar. Ama insan umduğunun tam aksi ile karşılaşabilir. Mesela et seven genç bir kız kasapla evlenir, adam vejeteryan çıkabilir, evine et getirmeyebilir ya da doktorla evlenir, kocası karısına derdin nedir diye sormayabilir ya da görgülü kibar adam diye evlenir de zır cahilin yapmayacağı hareketlerle karşılaşabilir. Beklenti ile evlenen kişinin beklentilerinin karşılanmaması, onu çok fazla üzebilir. Kısaca; umma ki küsmeyesin.

— Ama olmayacak büyük şeyler ummuyorum ki! Boğazda köşk, hizmetçiler, yat, kat istemiyorum. Küçük şeyler bekliyorum ondan. Biraz düşünceli olsun, tatlı dilli olsun, sürprizler yapsın, özel günlerimizi unutmasın, beni düşündüğünü ifade edecek küçük hediyeler alsın. Ne olur eşim bunları yapmak için biraz gayret saf etse. Hayatımıza renk gelse.

Muhabbet Olsun

– Evet haklısın bu saydığın şeyler, hayatın içinde hoş güzel detaylar. Doğru küçük şeyler ama sorun da zaten küçük şeyler olmasında. Erkekler bütüne odaklı yaratıldıkları için, küçük şeyler genellikle gözlerinden kaçar. Kadınlar ise ayrıntıları, incelikleri yani küçük şeyleri yaratılışları itibari ile kafalarını yormadan, doğal bir şekilde düşünüp fark ederler.

– Erkeğin yaratılışında küçük şeylere dikkat yok diyorsunuz ama evlenmeden önce bunların hepsini düşünebiliyordu.

– Doğal olarak yok ama dikkat eder ve özel gayret gösterirse olur tabi. Nişanlıyken işinden çok sana odaklandığı için dikkat edebiliyordu. Fakat evlilik içinde hayatın telaşı, iş yorgunluğu ya da evde yaşadığınız sorunlar, erkeğin bu konuda gayret etmesine engel oluyor. Doğal bir süreç olmadığı için de kadınların beklentileri hep havada kalıyor. Daha önce konuşmuştuk, diziler, filmler, reklamlar bu işten rant sağladıkları için kadınların beklentilerini körüklüyor.

– Hasta olduğum bir gün yemek yemeden erkenden yattım. Aç yattığım için Ferhat'ın gece içi rahat etmemiş, bir elma dilimleyip yatağa getirmiş; ama soymadan dilimlemiş. Ben elmayı asla kabuklu yemem. İnsan karısının elmayı nasıl yediğini bilmez mi? Beni sevseydi bana değer verseydi bilirdi. Yemedim ben de elmayı. Tartıştık üç gün küstüm.

– Kadınlar, kocalarının elmayı nasıl yediğini, çayının, kahvesinin şekerinin ayarının nasıl olduğunu bilirler, bunun içinde gayret göstermeleri gerekmez. Fakat erkekler için böyle bir konu basit, dikkatini çekmeyecek bir ayrıntıdır. Karısını sevip sevmemesi ile bir alakası yoktur. Fakat pek çok kadın, erkeği kendi gibi zannettiği için böyle durumları senin gibi yorumluyor. Beni sevseydi, bana değer verseydi, elmayı nasıl yediğimi bilirdi. Oysa erkeğin gözünde bu konunun değer vermekle hiç alakası yoktur. Fıtratını zorlamamıştır, sadece. Doğal davranmış.

— Sadece bu değil ki. Mesela saçımı boyatıyorum fark etmiyor, kestiriyorum fark etmiyor. Bazen yeni aldığım giysinin yeni olduğunu fark etmiyor. Fark etmesini bekliyorum, fark etmeyince de surat asıyorum.

— Fark etmesini mi bekliyorsun yoksa çok yakışmış, güzel olmuş demesini mi?

— Tabi ki yakıştığını söylemesini de bekliyorum ama fark etmeyince onu da söylemiyor. Bir demet papatya ya da bir dal olsun önemli değil gül alıp getirmiyor. Ancak iş yerine hediye çiçek gelirse o zaman getiriyor.

— Çiçeği satın aldığını ya da iş yerine hediye geldiğini sen nereden biliyorsun?

— Soruyorum. "Gülü kim getirdi, iş yerine mi geldi, bedava mı, para verip mi aldın?" diye

— Ferhat ne diyor?

— "Sana ne" diyor. "Nerden aldığım neden önemli. Seni düşünüp getirmişim." Ama ben biliyorum ki bedava. Para verse söyler. Beni düşünse para verip alır.

— Kadınlar detayın ölçüsünü kaçırıyorlar. Para verip alsa neden mutlu olacaksın ki?

— Çünkü beni düşünüp çiçek almamış, çiçeği iş yerinden solmasın diye mecburen alıp bana getirmiş.

— Bu çok doğru bir ölçü değil; çünkü iş yerine gelmiş çiçeği "Karıma götüreyim mutlu olsun." diye seni düşünüp getirmiş olabilir ya da çiçekçinin önünden geçerken durup "Şu başımın belası karıya bir çiçek alayım, belki yüzü güler." diye almış olabilir. Kimse kimsenin niyetini bilemeyeceği için gelen çiçeğe, can-ı gönülden teşekkür edip, kabul etmen, en mantıklısı olur. Eşin, senin çiçek gelince mutlu olduğunu görürse, başka bir zaman da satın alır getirir. Yeter ki eli çiçek getirmeye alışsın.

— Sorun sadece çiçek meselesi değil ki. Bazen özel günleri-

Muhabbet Olsun

mizde hediye alıyor ama aldıkları hiç benim zevkime hitap etmiyor. Beğenmeyip kullanmazsam da canı sıkılıyor. Benim zevkimi bilmiyorsa, beni götürsün birlikte alalım.

– Peki hiç düşündün mü erkek senin zevkine göre almıyorsa, kimin zevkine göre alıyor.

– Beğenerek aldığına göre, kendi zevkine göre alıyor olmalı.

– Aynen öyle. Erkekler bir kadının üzerinde görmeyi hayal ettiği şeyi, eşlerine alırlar. Bu bir kadının parmağına yakışacağını düşündüğü yüzük de olabilir, bir giysi de, bir çanta da. Senin zevkine uymasa da, onun için, onun gördüğü zamanlarda kullanabilirsin.

– Hiç böyle düşünmemiştim.

– Belki senin zevkin giyim tarzın, eşine hitap etmiyordur. O zaman kocanın aldığı hediye çingene pembesi bir buluz, ponponlu bir terlek, fıstık yeşili bir etek de olsa eşinin yanında giy. Kocanın yanında onun zevkine göre giyinmek, seni bozmaz merak etme. Belki yavaş yavaş hoşuna gitmeye bile başlayabilir.

– Ama insan istiyor ki para verilip alınmış, her zaman kullanacağım bir şey olsun.

– Kadınların derdi bu zaten. Madem para verildi, çok işime yarasın. Arada bir tutumlulukları tutar. Yalnız bu konuda tutumluluk gerçekten gereksiz. Hediyeyi beğenmemek eşinin hediye alma isteğini kırar, ayrıca zevkimi beğenmiyor, diye kalbini de kırar.

– Bu konuda daha dikkatli olacağım.

– Kısacası "Umma!" Umarsan da umduğun dışında bir şey olursa küsme. Kocasını arayıp "eve şu lazım" demeyen kadınlar var. Kocası arayıp "alınacak var mı" diye sormalıymış. Evet erkeğin arayıp bu soruyu sorması hoş olur ama her erkek bunu düşünmeyebilir. İşi yoğundur, ailesinden öyle görmemiş, alışmamıştır falan filan. Böyle şeyleri dert edip sorun etmemek lazım.

– Yıllardır Ferhat"a "Sabah kapıdan çıkarken akşama bir şey lazım mı diye sor!" diyorum ama daha hiç sormadı. Alıştıramadım.

– Bir şey gerek olduğunda eşini telefonla ara. Olumsuz gibi görünen bu durumu, onu arayıp sesini duymak için bir fırsat bil. Bir fıkrayla bu haftaki görüşmemizi bitirelim.

– İyi olur, birkaç haftadır fıkra anlatmadınız.

– Yeni evli bir çift, ilk günlerini geçireceklermiş. Gelin uyanmış bakmış damat yatakta yok. Mutfağa gitmiş ki kocası kahvaltıyı hazırlamış, oturma odasında ütü yapıyor.

Gelin çok sevinmiş. Beklediğim gibi iyi bir kocaya düştüm, diye sevinerek kocasına görünmeden yarım kalan uykusunu tamamlamak için yatağına gidip uyumaya devam etmiş. Kocası az sonra gelip onu uyandırmış. Söylediği ilk söz gelinin bütün sevincini alt üst etmiş.

– Yaptıklarıma iyi bak, her sabah böyle isterim, demiş.

ON BEŞİNCİ ADIM

– *Bakımlı ol.*

– Kadın bakımlı olmalı tamam ama ne olur kadın kocası için süslenmeli demeyin. Neden kendime kocama beğendirmek zorunda olayım ki?

– Sözlerin yine feminizm kokuyor Şirinciğim. Çünkü feminist kadınlar koca için süslenmeyi bir zillet kabul ederler. Çok kadının "Ay hiç de onun zevkine göre giyinemem. Ben ne yaparsam kendim için yaparım." dediğini duydum.

Şunu unutma, ateşli feministlerin buz gibi bir aile hayatı olur. Feminizmin ateşi, kadınların kadınlığını yaktı küle çevirdi. Kadının fıtratında zaten süslenme ve kendini beğendirme ihtiyacı var. Feminizm bu ihtiyacı evin dışına yönlendirdi fakat eşe karşı süslenmeyi bir gurur meselesi haline getirdi. Kadın dışarıda süslenince kendi için süslenmiş oluyor fakat nedense evde süslenince ezik oluyor. Bir tuhaflık yok mu sence?

– Var gibi görünüyor.

– Erkekler için görsellik önemlidir. Bu yüzden erkeklerin kadınlardan göze hitap eden konularda beklentileri vardır. Bir de günümüzde evin dışındaki kadınlar çok bakımlı oldukları için erkekler de evde eşlerini bakımlı görmek istiyorlar.

– Ama evde bakımlı olmak çok zor. Ben evimde eşofmanlarını çekip, rahat iş yapmak istiyorum. Bir kadının evde işleri hiç bitmiyor ki. Yemek hazırlığı, arkasına mutfağın toplanması, bulaşık derken rahat olacağım kıyafetlerin içinde olmak istemekte haksız mıyım?

– Haklısın. Her gün giyinip süslenip eşin için hazırlanıp onu beklemek sana zor gelebilir ama bu her gün kocanı eşofmanlarla paspal bir şekilde karşılamanı da gerektirmez. En azından haftanın birkaç günü eşin için giyinip süslenip onu öyle karşılamalısın. Dışarısı, erkek için, süslü kadınlarla dolu çok cazip bir dünya. Kapıdan çıkan koca, kurdun ağzındaki koç gibi; tutmazsan, çekmezsen, kapmazsan, kurt onu yutacak. Adamı evde tutmak mümkün olmadığına göre, elde tutmak için gayret etmek gerekiyor.

– Bunda haklısınız. Bir arkadaşımın kocası birkaç sene önce ısrarla ondan saçını kısa kestirmesini istemişti. Fakat arkadaşım uzun saç sevdiği için saçını kestirmedi. Konu bir süre sonra kapandı. Geçenlerde baktım, saçını kısacık kestirmiş. Geçen ay kocasını internetten bir kadın ile sohbet ederken yakalamış. Ortada saç mevzu yok ama o ertesi günü gidip saçlarını kısacık kestirmiş.

– Erkeklerin görsellik konusunda takıntısı olabilir. Bunlardan biri de saç meselesidir. Kimine kısa saç, kimine uzun saç, kimine de sarı saç cazip gelir.

– Benim ağabeyimde sarı saç takıntısı var. "Nerde sarı saçlı bir kadın görsem gözüm takılıyor." diyor. İş dünyasında, etrafında pek çok sarı saçlı kadın var. Karısından bir yıldan beri saçlarını sarıya boyatmasını istiyor ve zaafı olduğunu söylüyor. Fakat karısı "Ben sana güveniyorum başka kadınlara bakmazsın." diyor, saçını sarıya boyatmıyor, kendine yakışmayacağını düşünüyor. Geçenler de ağabeyim bana şöyle dedi "Karım bana çok güveniyor ama ben kendime hiç güvenmiyorum."

– Sence eşi doğru mu davranıyor?

– Kadının tarafından bakarsak o da haklı, sarı saçı sevmiyor. Fakat erkeğin tarafından bakarsak eşine karşı haksızlık ediyor, gibi duruyor. Aslında bakımsız bir kadın değil.

– Bakımla olacağım diye de erkeğin sevmediği şeyi de yapmamak gerekir. Mesela erkeklerin çoğu aşırı makyajı ve aşırı takıyı sevmiyor, uzun tırnaklardan da hoşlanmıyorlarmış.

– Uzun tırnaklarla saldırırlar diye korkuyor olabilirler.

– Olabilir. Görüşmenin sonunda haftanın konusunu toparlayalım. Kadın temiz ve bakımlı olmalı, kocası için giyinip süslenmelidir.

ON ALTINCI ADIM

— *Özel zamanlara dikkat et.*

— Özel zamanlar derken, evlilik yıldönümü gibi özel günleri mi kast ediyorsunuz?

— Hayır. Bence evlilerin evlilik yıldönümü, doğum günü gibi özel günlerinden daha önemlisi özel zamanlarıdır. Bir karı kocanın en özel zamanı, günde iki kezdir. Ayrılma ve kavuşma anları. Sabah ve akşam. Sabah ayrılıyorsun, bilmiyorsun ki o gün ölüm sizi ayıracak mı? Akşam birbirinize kavuşabilecek misiniz?

Bu yüzden her günün sana verilmiş bir fırsat olduğunu unutma. Kalkar kalkmaz önce Yaradan'a şükredip sonra güleryüzle güne başla. Kahvaltıyı eşinin sevdiği gibi hazırla, güzel bir şekilde uğurla. Akşam da güleryüzle karşıla. Yüzünde onu görmekten dolayı mutluluk okunsun ki o da evine koşa koşa gelsin. Bu iki özel zamanda güleryüzlü olursan aradaki açıkları kapatman daha kolay olur.

— Ama erkek güleryüzlü olmayınca, kadın da güleryüzlü olamıyor.

— Yine aynı noktaya döndük galiba. Sen ona zorla adım attıramazsın. Sen kendi adımlarına bak. Onun adımlarını sayma. Sen güleryüzlü ol. İnsan ayna gibidir, bir süre sonra o da sana gülümseyecektir. Sabah eğer o gün onun dönmeyeceğini bilsen yine suratını asar, her şeyi sorun eder miydin?

— Tabi ki hayır.

– Ama bir gün olabilir, ölüm her an bizler için. O zaman hangi pişmanlıkları yaşayacaksan, neleri telafi etmek isteyeceksen, şimdi elinde fırsat varken değerlendirmelisin.

– Sabah ve akşam önemli diyorsunuz yani.

– Evet hem de çok önemli. Sabah uğurlarken ve akşam karşılarken güleryüzlü olmak çok önemli. Çok güzel bir yüze sahip olmak her kadının elinde değil ama gülen bir yüze sahip olmak herkesin elinde.

– Ferhat bazen bana "Beni ekşimiş bir suratla karşılama." diyor.

– Güleryüz deyip geçmemek lazım, güzellikten daha önemli. İnsan istemese bile gülümsediği zaman, bir süre sonra ruh hali de değişip olumlu davranışlar gösterir. Kapıyı güleryüzle açarsan karşılama sonrası da olumlu devam eder. Fakat kapıyı asık yüzle açarsan, o ruh haliyle kocan kapıdan girer girmez "Musluk su damlatıyor, dolabın kapağı ayağıma düştü, bir tamir etmedin, niye siparişlerimi tam almadın." gibi şikayet cümleleri sıralamaya başlarsın. Bunları söylemek için uygun zamanı beklemelisin. Asık yüzlü olursan ona surata uygun davranışlar geliştirirsin. Bu yüzden bu hafta ayna karşısında gülümseme çalışması yapmanı istiyorum. Ve onu güleryüzle karşılayıp güler yüzle uğurlamaya gayret et.

– Biraz ödev gibi oldu. Diğer adımlar için acele etmemiştiniz.

– Yapabileceğin kolay adımlar için bekleme, bir an önce yapmaya başla.

– Tamam.

👣 ON YEDİNCİ ADIM

– *Eşinle aşırı ilgilenme.*

– Yine beklemediğim bir madde çıktı karşıma.

– Kadın kocası ile ilgilenmeli ama ilgiyi abartmamalı. Aşırı ilgi, her zaman karşı tarafı olumsuz etkiler. Fazla ilgi erkeği ya bunaltır ya da şımartır. İlginin ayarı evlilikte çok önemlidir.

– Bu ayarı nasıl sağlayacağız? Yok mu bir makinesi?

– Bütün kadınların kafasında sezgi denilen bir makine vardır. Kadınlar sezgilerine kulak verilerse, çok iyi ayar yapabilirler. Fakat bazen kadınlar sezgilerini hasıraltı eder ve bilgiye ya da korkuya dayalı bir yol takip ederler.

– Örnek vermenizi isteyebilir miyim ne demek istediğinizi tam olarak anlamadım.

– Bilgiye dayalı yanlışlardan örnek vereyim. Mesela kadın "Kocanı elinde tutmak istiyorsan onunla çok ilgileneceksin, etrafında pervane olacaksın." diye öğrenmiştir. Eve girdiği andan itibaren adamın etrafında dönüp durur. Sürekli kocasına hizmet eder, bir şey isteyip istemediğini sorup durur.

– Erkeklerin hep bunu istemezler mi?

– Hayır. Erkek karısının kendine hizmet etmesinden hoşlanır ama fazla hizmetten de sıkılır, evinde rahat nefes almak ister. Etrafında sürekli dönüp duran bir kadın, erkeği bunaltır, erkek kendini cendereye sıkışmış gibi hisseder.

– Erkekler nankör diyorum da kabul etmiyorsunuz.

– Bu bir nankörlük meselesi değil. Özgürlük erkek için önemlidir. Karısının sürekli onun tepesinde olması erkeği rahatsız eder. Bir bardak suyu bile kalkıp rahat rahat alamamak, karısının her şeye koşması erkeği sinir eder ama kadın o kadar iyidir ki rahat rahat ona kızamaz bile. Kadın o kadar tatlı dillidir ki erkek kızsa bile "Tamam hayatım, tamam canım haklısın bundan sonra yapmayacağım." der ama aynı şeylere devam eder. Karısının iyiliği karşısında erkek kendini kötü hisseder.

– Tatlı dil de işe yaramıyor yani.

– En tatlı balın bile fazlası bıkkınlık verir, diyor Shakespear. Aynı ses tonuyla ve aynı ifadeyle sürekli söylenen tatlı hitaplar bir süre sonra sıradanlaşır. Zaten kadın kocasına kullandığı hitabı çocuklarına ya da arkadaşlarına da kullanıyorsa erkek için o sözlerin hiçbir anlamı yoktur. Erkek her zaman özel olmak ister.

– Yani kocana "aşkım" diyorsan başkalarına demeyeceksin.

– Aynen öyle. İte püsüğe kullandığın hitabı kocana söylemenin onun içi hiçbir anlamı yoktur. Tatlım, şekerim gibi kadınlara özgü ya da çocuklara kullanılan hitapları erkeğe kullanmamak lazım.

– Benim komşum kedisine "aşkım" diyor. Kocasına da diyor.

– Sıradanlaşan ve başkalarına kullanılan hitaplar anlamını yitirir. Mesela erkeklerin çoğu "kocacığım" hitabını severler çünkü kadın başka kimseye bu şekilde hitap edemez.

– Ferhat ona "sevgilim" dememden çok mutlu olur ama uzun zamandan beri hiç söylemedim.

– Neden?

– Ona karşı kızgınlıklarım var, söylemek gelmiyor içimden.

– Evet bu söylediğin mesele başka bir haftanın konusu. Burada konuya girmeyelim. Biz bu haftanın konusuna devam edelim. Kadının kocası ile aşırı ilgili olması ya yanlış bilgidendir ya da korkularındandır, demiştik. Yanlış bilgiyi konuştuk. Gelelim korkularına. Bazı kadınlar aldatılma ya da terk edilme gibi korkuları yüzünden kocası ile çok ilgilidir. O kadar ilgilidir ki kocasının dışarıda kendi gibi bir kadın bulamayacağına ve kimselere bakmayacağına inanmaya çalışır. Kocasının bütün hatalarını görmezden gelir, onun hatalarına kocasının yerine bahaneler bulur. Kocası ona karşı hatalı davrandığında, kocasının peşinde dolaşır, özür diler küstüyse barışmaya çalışır.

– O zaman mı erkek şımarmaya başlar?

– Evet. Evlilikte hata raporu tutmak, karşısındakinin illa özür dilemesini beklemek yanlıştır. Erkekler sözcüklerle özür dilemeyi sevmezler, bunun yerine davranışları ile pişmanlıklarını gösterirler. Kadın eşinin hatasını düzeltemeye çalıştığını fark edince bunu özür olarak kabul etmeli. Fakat kocası yüzde yüz hatalıyken, onun peşinde dolaşıp onun yerine özür dilemesi de yanlış bir davranış olur.

– Peki nasıl davranmalı böyle bir durumda? Benim bir yakınım var bu anlattığınız gibi.

– Kadın surat asmadan, kırıldığını belli etmeli. Çünkü surat astığında aralarında inatlaşma başlar.

– Bu bahsettiğim yakınım kocası ile o kadar ilgili ki kocası yemeği az yediğinde daha fazla yemesi için ısrar eder, evden çıkarken üşütmesin diye kalın giyinmesini söyler, kendine dikkat et diye ardından seslenir, kocası hastalandığında elinde bitki çayları ya da ilaçlarla başından ayrılmaz, kocası istemese de zorla içirmeye çalışır.

– Kadın için sevgi demek; şefkat ve ilgi demektir. Fakat erkek için şefkat; annesidir. Kadın kocasının etrafında şefkatli davranışlarla dolaştığında ona annesini çağrıştırır ve çocukluğunu hatırlatır. Bu yüzden erkek eşinden şefkat görmekten pek hoşlanmaz. Bu yüzden de ilginin ayarı erkek için önemlidir. Kadının şefkat gösterisi erkeğe eziyete dönüşebilir.

– Eziyet deyince aklıma bir fıkra geldi. Fıkranın sonu konuştuğumuz konunun ana fikri ile alakalı. Görüşmenin sonunu yine fıkra ile bağlayalım.

Çocuk büyükannesinde kalmak istemiyormuş. Anne ve babası psikiyatra götürmüşler.

Doktor çocuğa: "Büyükannenler seni çok seviyorlar, neden onlarda kalmak istemiyorsun?" diye sormuş.

"Onlar bana işkence yapıyorlar." demiş, çocuk.

Adam dehşet içinde,

"Nasıl yani?" diye sormuş.

"Sürekli yemek yediriyorlar." demiş çocuk.

Büyükannenin en içten tepeleme doldurduğu ve ısrarla yedirmeye çalıştığı yemek tabağı çocuk için işkence oluyormuş. Demek ki ilginin dozu kaçınca, eziyete dönüşüyor.

ON SEKİZİNCİ ADIM

— *Umursamaz olma.*

— Ama siz geçen hafta erkekler ilgiden bunalırlar, ilgilenmeyin demiştiniz. Ben o adımı çok sevdim.

— Şirinciğim, geçen hafta söylediğimi gayet iyi anladığına eminim.

— Tamam şaka yaptım, siz devam edin.

— Aslında kocasını umursamayan kadın yoktur, sadece umursamıyormuş gibi görünen kadın vardır. Kocasından beklediği ilgiyi göremeyen kadın, sen de benim umurumda değilsin, havalarına girer ama aslında fazlasıyla umurundadır. Sadece kocasını cezalandırmak için öyle davranır.

— Açık konuşacağım bunu ben de yapıyorum. O benimle ilgilenmiyorsa ben onunla hiç ilgilenmem. İlgisizlik nasılmış görsün bakalım.

— Yalnız, bu umursamaz havalarla kocasını cezalandırmaya çalışan kadın, aslında kendini cezalandırır. Kocası kendinden uzaklaşacağı için, evin içinde iyice yalnızlaşır.

— Erkeklerde denge diye bir şey yok ki. Her şey onların gönlüne göre olsun istiyorlar. Kendi canları istediğinde yakınlaşıyorlar, canları istemezlerse uzaklaşıyorlar. Mesela bir akşam Ferhat'la sohbet muhabbet çok güzel bir akşam geçiriyoruz, içimden, her şey yoluna giriyor galiba, diye bir umut beliriyor; fakat ertesi gün ya da bir kaç gün sonra, o Ferhat gidiyor onun yerine bana kaşı ilgisiz bir adam geliyor. Evde benle ilgileneceğine, gereksiz şeylerle ilgileniyor. Ben de ona karşı öyle tavır alıyorum.

— Bu seninle değil, erkek psikolojisi ile alakalı. Erkeklerin çocukluklarında yaşadıklarından kaynaklanıyor. Erkek çocukları, iki yaşından itibaren, anneden farklı olduğunu babaya benzediğini fark eder. Anneyi çok severler, yakın olmak isterler; fakat erkek gibi olmak için de anneye benzememek için anneden uzaklaşmaya çalışırlar. Erkek çocukları anneye bir yakınlaşırlar, bir uzaklaşırlar.

— Evet bunu benim oğlum da yapıyor. Bazen gelip kucağıma yatıyor, gülüşüyoruz, oynuyoruz bazen de onu sarılmak, onu sevmek istediğim zaman beni itiyor, "Ben artık bebek değilim büyüdüm." diyor.

— İşte bu git-geller erkeklerin kadınlarla ilişkilerinde hep devam eder. Yani erkek, kadına yakın olmak ister, bu yakınlığa ve sevgiye ihtiyacı vardır; ama yakınlık uzadığında bilinçaltında kadınlaşma korkusundan bir süre kendini çeker, uzaklaşmış gibi görünür. Fakat bu kısa süreli bir uzaklaşmadır. Fakat kadın, erkek psikolojisini bilmez de o da erkekten uzaklaşırsa ipler kopmaya başlar.

— Oğlum için de bu durum geçerli yani. Mesela, ben onu sevmek istediğim zaman benden kaçarsa fakat başka bir gün o gelip bana sarılınca, bu kez ben onu itersem aramızda yakınlık konusunda sorunlar olur.

— Tabi sen onu kendinden uzaklaştırırsan, o da bir daha kolay kolay sana yaklaşmaz.

— Oğlumun bana yakın olmak istediğini, benden kaçmasının bana nazlanmak olduğunu düşündüğüm için, o bana sarıldığında onu kendimden uzaklaştırmıyorum. Fakat Ferhat'la durum aynı değil. Ben Ferhat'ı umursamıyormuş gibi yapıyorum ama o da benim umursamazlık içinde olmamı umursamıyor.

— Kesinlikle yanılıyorsun. Umursanmayan erkek bunu gurur meselesi yapar, aldırış etmiyor gibi görünür ama çok fazla kırı-

Muhabbet Olsun

lır. Erkek kendi yaptığında kasıt olmadığı için kendi davranışını hata olarak görmez; ama karısının davranışının kasıtlı olduğu aşikâr olduğu için karı koca arasına buz dağları girmeye başlar.

– Ne yapacağım o zaman?

– Her günün muhabbetle geçmesini bekleme. Eşin senden uzak durduğu zamanlarda "Benden uzaklaşıyor mu?" diye telaşa kapılmadan onu boğmadan sabırla beklersen, kısa zamanda sana dönecektir. Dediğim gibi kocanın seni umursamama hali geçicidir. Üstüne düşme ama tamamen ilgini de kesme.

– Teşekkür ederim, bu hafta konuştuğumuz konu beni rahatlattı. Ferhat'ın bana karşı değişen davranışlarını bir türlü çözemiyordum. Bir beni sevdiğini, bir sevmediğini düşünüyordum, şimdi çok rahatladım.

ON DOKUZUNCU ADIM

— *Eşinin ailesi ile aranı iyi tut.*

— Atılması en zor adımlardan biri de galiba bu.

— En önemli adımlardan biri de bu yalnız. Eşinin ailesi ile kötü olup da eşinle çok muhabbetli olmayı bekleme. Çünkü erkekler, karısının onun ailesi ile ilgili söylediği sözleri kendi üzerlerine alırlar. Ailesine kötü demenle, eşine, sen kötüsün, demen arasında pek bir fark yoktur.

— Öyle olur mu! Yeri geliyor, onlara kızarsa, Ferhat da onların aleyhinde konuşuyor.

— Erkek kendi konuşsa da, ailesi aleyhine konuşulmasını istemez.

— İyi de kendi konuşuyor da niye karısının onlarla ilgili konuşmasına canı sıkılıyor.

— Çok basit bir örnek vereyim. Mesela sen kendi çocuğunla ilgili kızdığın zaman "Çok şımarık baş edemiyorum." gibi olumsuz sözler söyleyebilirsin. Fakat en yakının bile çocuğuna, çok şımarık, dese canın sıkılır, sözü üzerine alırsın. Bu da böyle bir şey.

— Gerçi Ferhat ailesinin hatalarını görmekte kördür, kırk yılda bir anca görür hatalarını. Çok açık yanlışlarını bile söylediğimde, bana onları savunuyor.

— Erkekler çoğu zaman ailesinin hatalarını görürler, bilirler; ama karısına karşı onların yaptıkların itiraf etmek zorlarına gider, gururlarına dokunur, hatta bir de onları savunurlar. Kadınlar en çok buna sinir olurlar. Bize bu kadar şey yapıyorlar, hâlâ onları savunuyor diye. Bu durumda bir anormallik yok as-

Muhabbet Olsun

lında. Ailesine söylenen her sözün ucu, dönüp dolaşıp erkeğe dokunduğu için ailesi konusunda hassas olmasına şaşmamak lazım.

– Umarım oğlum da bir gün eşine karşı beni savunur.

– Merak etme savunacaktır. Eşinin ailesi ile iyi geçinmen çocukların için de çok önemli. Onlar çocuklarının babaannesi, dedesi, halası, amcası, akrabası, yani zenginliği. İyi günde kötü günde birbirlerine ihtiyaçları olacak. Bir şey olsa yine ilk onlar koşacaktır. Bu yüzden akrabalık bağlarını önemsemek ve güzel tutmak gerekir. Onlarla arandaki her sorun, dönüp dolaşıp yine seni üzecektir.

– Onlar benim arkamdan konuşuyorlarsa ne olacak? Eşim benden iyice soğumaz mı?

– Merak etme ailesi seni kocana kötülüyor olsa bile, sen onlar için iyi şeyler söylediğinde eşin onların yanlışlarını daha açık olarak görür. Bu kendini savunmandan çok daha etkilidir. Ferhat, karım onları seviyor, onlar için iyi şeyler söylüyor, diye düşünüp seni onlara karşı savunacaktır.

Bu yüzden başta konuştuğumuz gibi, eşin, annesinin bir hatasını söylese bile, sen hemen üzerine atlayıp "Haklısın geçen bana da şunu şunu yaptıydı." diye şikayete başlama yoksa eşin aniden annesini savunmaya başlayabilir. O, ailesinden dert yandığında, iyi kötü bir şey söylemeden, yorum yapmadan sadece dinle. Başka zaman da fırsat buldukça onlar için iyi şeyler söyle. Onun ailesi ile ne kadar muhabbetli olursan, eşinin sana karşı sevgi ve muhabbeti artar.

– "Kayınvalide pamuk ipliği olsa raftan düşse gelinin başı yarılırmış." atasözündeki gibi, kayınvalidemin söylediği her söz bana batıyor. Bunu bazen ben de çok açık fark ediyorum. Mesela geçenlerde annem "Kızım biraz tutumlu olun, para biriktirin de bir ev alın." dedi. Ona "Haklısın anne ama bir parayı bir türlü artıramıyoruz." dedim. Birkaç gün sonra annemin sözlerine benzer kayınvalidem bir şeyler söyledi ona sinirlendim, "İşlerimize niye karışıyor, oğlunun parasını israf ettiğimi mi ima etmeye çalışıyor?" diye düşünüp kızdım.

– Zaten bütün sorun kayınvalidenin sözlerini dert etmekten, sözlerinin altında anlamlar aramaktan, her sözünü kötüye çekmekten kaynaklanıyor. Velev ki kayınvalidenin kötü niyetle söylediğine emin bile olsan, aldırış etme. Bunun için kendini de kocanı da mutsuz etme. Bir erkek için annesinin ve eşinin arasında kalmak gerçekten çok zor ve yıpratıcıdır.

– Bakın buna katlıyorum. İki kadın arasında kalmak erkek için zor olmalı.

– Bu haftaki konuyu toparlarsak, eşinin ailesine saygı duyman, eşine saygı duymandır. Eşin tarafından bu böyle algılanır. Bu yüzden onlar yüzünden eşinle aranda anlaşmazlık çıkmasına müsaade etme, sana ters gelen davranışları olsa da onları idare et. Onlara karşı biraz siyasî davran, iki taraflı idare et. Bugüne kadar onlara karşı yaptığın hataların için özür dile, onlara hediyeler al, iltifat et, aranızda sevgi muhabbet oluşturmaya çalış. İyilikten zarar gören olmaz. İyiler mutlaka kazanır.

YİRMİNCİ ADIM

— *Eşini cezalandırmaya çalışma.*

— Bunu da nerden çıkardınız? Onu cezalandırdığım falan yok. Ayrıca böyle bir şeyi istesem bile benim onu cezalandırmaya gücüm mü yeter!

— Yaradan erkeklere açık güçler, kadınlara da gizli güçler vermiş. Erkekler hükümetse, kadınlar gizli devlet. Yöneten erkekler, yönlendiren kadınlardır. Kadın erkeği istediği gibi yönlendiremiyorsa genellikle onu cezalandırmaya başlar.

— Başka kadınlar ne yapıyor bilmiyorum ama ben kocamı hiç cezalandırmaya çalışmadım.

— Sorun da burada zaten. Pek çok kadın yaptıklarının adına ceza demez, kendi kendine bile itiraf etmez. "O bana öyle davrandığı için, benim içimden de başka türlü davranmak gelmiyor." der. Fakat çoğu zaman yaptığı kocasını cezalandırmaktan başka bir şey değildir.

— Örnek verin o zaman bakalım yapıyor muymuşum.

— Kocasını cezalandırmaya karar veren kadının öncelikle yüzü gülmez. Mutlu değilsem mutlu etmem mantığı...

Maddi hasar çıkarır, bardak tabak kırar.

Sebzenin, meyvenin en pahalısını alır. Saatlerce telefonla konuşur.

Bakmasa da televizyonu kapatmaz, elektrik borcu artsın diye. Çocuklara ters davranır. Çok kızgınsa, çocukları döver.

Kendini temizliğe verir, evde gerekli gereksiz ne varsa atar.

Diliyle döver. Laf çakar, iğneler, söylenir, kocasını onunla bununla kıyaslar.

Kocasını sinirlendirmek için elinden geleni yapar.

Çamaşırları vaktinde yıkatmaz, gerekli ütüleri yapmaz.

Kocasının ailesine ters davranır.

— Tamam yeter. Evet itiraf ediyorum bunların bazısı yapıyorum ama hepsini yapmıyorum tabi ki. Ama onu cezalandırmak için değil sadece kendi kızgınlığımı gidermek için yapıyorum.

— Kadınlar yapılanları affetmediği zaman hataları kaydeder ve yüzlerce çeşit gizli ceza uygulayarak rahatlamaya çalışırlar. Cezalar kadının karakterine göre değişir, farklılaşır. Tabi sen de kendi karakterine uygun olanı yapıyorsundur.

— Bir arkadaşım da sürekli beddua eder kocasına.

— Bir gün cep telefonuma "İnşallah tekerin patlar, yolda kalırsın." diye bir mesaj geldi. Kesin bu mesajı bir kadın kocasına göndermiştir de yanlışlıkla bana gelmiştir diye tahmin ettim. Tahminim doğru çıktı.

— Ben beddua edemem, kıyamam Ferhat'a...

— Cezalar bu saydıklarımla sınırlı değil. En çok uygulanan cezalardan biri de kadının eşine kahvaltı hazırlamayı bırakmasıdır. Kadın kızgınlık duyduğu kocası için, sabah sıcacık yatağından kalkıp ona kahvaltı hazırlamak istemez. Uyanık olsa bile uyuyormuş numarasına yatar çoğu zaman.

— Kahvaltı hazırlamayan kadın sabah kocasını da uğurlayamaz.

— Zaten uğurlamak da istemez. Sabah uğurlamaz, akşam kapıda karşılamaz. Çok işi varmış da karşılayamamış havasına girer.

— Bunları yaparken gerçekten de onu cezalandırma niyeti ile yapmamıştım.

Muhabbet Olsun

— Ben sana bunları yapıyorsun demedim Şirinciğim, genel olarak konuşuyoruz.

— Yaptığım için üstüme aldım herhalde.

— En çok uygulanan cezalardan biri de kadının kocasına yatakta soğuk davranmasıdır.

— Yatakta ateşli kadın isteyen erkek de biraz gayret edip, karısana iyi davransın, biraz kadın ruhundan anlasın, bir zahmet. Bir kadın da durup dururken bunları yapmıyor herhalde. Kim bilir ne kadar inciniyor ki bu yöntemleri deniyor.

— Haklılık payın var tabi. Karı koca arasındaki sorunlar, çözüm için adım atılmayınca, bir kısır döngüye dönüyor. Sorunu kim fark ederse, diğerinin adımlarını beklemeden onun adım atması gerekiyor. Önemli olan sorunları fark etmek.

— Haklısınız. Ben sizinle bu konuyu konuşuncaya kadar yaptığımın bir cezalandırma olduğunu fark etmemiştim.

— Erkekler de çoğu zaman karısının onu cezalandırmaya çalıştığını fark etmez, yapılan davranışları karısının huysuzluğuna bağlar. Cezalandırdığının farkında olan hiçbir kadın da çıkıp "seni cezalandırmak için yaptım" demez tabi.

— Peki sizce kadın kocasını cezalandırınca biraz rahatlıyor mu, yani işe yarıyor mu?

— Tabi ki hayır. "İntikam acı yenen bir yemektir."

— "İntikam soğuk yenen bir yemektir." değil miydi o sözün aslı?

— Ben, acı kelimesini daha çok yakıştırıyorum bu söze. Soğuk yenen yemek tatsız da olsa insanın karnını doyurur. Oysa acı yemek yakar. İntikam alan kendi de yanar, diye düşündüğüm için öyle söylüyorum. İntikam alan kadının kocasıyla arası iyice kötü olur ve mutsuzluğu kat kat artar. Kadın yüreğini soğutmaya çalışırken, kocasını kendinden soğutur.

— Kadın kocasının açık gücüne karşı, o da gizli gücü kullanır ama başarılı olamaz mı demek istiyorsunuz?

– Rabbimiz, biz kadınlara gizli gücü, kendimizi ve ailemizi mutsuz edelim, yanlış işlerde kullanalım diye vermemiş. Tam aksi muhabbet ve güzellikler için vermiş. O zaman aslına uygun kullanmak gerekiyor.

– "Affetmek kişinin kendine yaptığı en büyük iyiliktir." diye bir söz okumuştum.

– Çok doğru bir söz. Kin tutarak intikam alarak hiç kimse mutlu olamaz. Evliliği bir bebeğe benzetirsek, düşün ki bebeğiniz bir uçurumun kenarından aşağı düşmek üzere. İki tarafın da birbirine kızgınlığı var, bu yüzden, bebeği diğeri kurtarsın, diye bekliyor. Ya da biri bir adım atıyor sonra bekliyor diğeri de bir adım atsın diye. Bu bebek böyle kurtulur mu sence?

– Çok zor. Bu haftadan sonra gözüm kendi üzerimde de olacak. Farkında olmadan hatalar yaptığımı çok iyi fark ettim.

YİRMİ BİRİNCİ ADIM

– *Ev işlerini ve temizliği abartma.*

– Abartıdan kast ettiğiniz nedir?

– Gerekli olduğu kadar yap. Çok temiz olacağım diye akşama kadar iş yapıp, eşyalara hizmet edip, kocana hizmet edemeyecek kadar yorulma.

– Bu söylediğiniz mümkün mü? Bugün hiç iş yapmayacağım diye kalkıp, akşama yorgunluktan ölmek üzere olduğum günler olur.

– Tabi ki sen istemesen de bazen iş, işi doğurur, çok yorulursun ama bunu her gün yapıyorsan bir yanlışlık var demektir. Her gün kocanı yorgun bitkin karşılıyorsan, bir yerde hata yapıyorsun demektir.

– Genellikle yorgun oluyorum, işler bitmiyor.

– İşler mi bitmiyor yoksa sen mi bitirmek istemiyorsun, onu evini görmeden bir şey söyleyemem ama evin büyük, işin çoksa bile, hiç olmazsa eşin gelmeden önce biraz uzanıp dinlenmeye çalış.

– Bunu yapabilir miyim bilmiyorum, işleri Ferhat gelmeden bitirmeye çalışıyorum; çünkü Ferhat, yanında iş yapmamdan hoşlanmıyor.

– Erkekler yanlarında ev işi yapılmasından hoşlanmazlar. Erkek evinde dinlenmek rahat etmek ister. Temizlik yapacağım diye eşini rahatsız etme.

– Erkekler de pek keyiflerine düşkünler! Hem yanlarında iş yapılmasın istiyorlar, hem de evi temiz tutmak için, hiç gayret etmiyorlar. Hatta gayret etmeyi bırakın, benim o gün temizlik yaptığımı bildiği halde, Ferhat hiç düşünmeden rahat rahat evi kirletiyor.

– Ne yapsın, ev kirlenecek diye kendi evinde rahat edemesin mi? Sen biraz rahat ol.

– Bu bir rahatlık meselesi mi bilmiyorum, bazen sanki beni sinir etmek için kasıtlı yaptığını düşünüyorum. Defalarca, onu oraya koyma dediğim bir şeyi, yine canı istediği yere koyuyor.

– Kadınlar, erkeklerin sözleri ve hareketleri altında bir kasıt olduğu şüphesini genellikle taşırlar. Oysa erkekler, çoğunlukla, dikkat etmedikleri için ya da küçük bir detay olarak görüp önemsemedikleri için yapmazlar. Fakat çok fazla söylediysen iş inada bindiyse onun için de yapmıyor olabilir.

– Evet bazı konularda ciddi ciddi inatlaştık. En çok zoruma giden de ev işleriyle ben bu kadar yoruluyorum ama ona hiç ikram olmuyor. Sadece kendimi tüketiyorum.

– Temizlik önemli tabi ki. Fakat erkekler daha temiz ve yorgun bir kadın yerine, biraz dağınık olsa da güleryüzlü ve neşeli bir kadını ona tercih ederler. Evde pislik olmadıkça, pırıl pırıl bir temizlik pek çok erkeğin çok da umurunda değildir. Sen evde saçını süpürge ederken, dışarıda pasaklı ama güleryüzlü bir kadın kocanı elinden alabilir. Kadınlığını temizlikle ispat etmeye çalışma.

– Sadece temizlik mi? Yemek yapmak da insanı yoruyor.

– Yemek konusunda da abartıdan uzak dur. Her gün saatlerce mutfakta kalma. Erkeğin gönlüne giden yol midesinden geçiyor sözü, yemek yapmaktan hoşlanan kadınların uydurmasından başka bir şey değil, gibi geliyor bana. Elbette erkekler güzel yemeği severler, karısının onun sevdiği yemeği yapmasından mutlu olurlar ama bu gönüllerine giden yolun oradan geçtiğini göstermez.

Muhabbet Olsun

— Ben o sözün gerçekliğine inanmıyorum zaten. Erkeğin gönlüne giden yol midesinden geçseydi Ferhat'ın beni başına taç etmesi gerekirdi. Yıllarım mutfakta onun sevdiği yemekleri yaparak geçti.

— Yine yap ama abartmadan yap. Yaptığın yemekten çok onu nasıl sunduğun önemli. Çok yorularak sevdiği bir yemeği yapıp asık yüzle sunacağına, daha kolay pratik bir yemek yap ve güleryüzle ve sevgiyle sun. O daha kıymetli olacaktır.

— Tamam bu haftaki adımı da atmak için beklemeden hemen yapmaya başlayacağım. Yemek ve ev işlerinde abartı yok. Oh be!

👣 YİRMİ İKİNCİ ADIM

– *Dışarıdaki hayatla evlilik hayatını ayır.*
– Bunu hangi anlamada söylüyorsunuz?
– Dışarıdaki seni ve içerdeki seni ayır.
– Bu mümkünü mü?
– Zaten pek çok insan yapıyor da tersini yapıyor. Bakıyorsun dışarıda herkese karşı kibar olan insan, evinde tam tersi olabiliyor. Oysa insan hayatını paylaştığı ailesine, sevdiği insanlara, eşine, çocuklarına karşı herkesten daha iyi olmalı.
– El iyisi olmamak lazım diyorsunuz.
– Evet. El iyisi olmaktan önce, ev iyisi olalım. Tabi ele de iyi olmak güzel de ele bir iyiysek evde iki kat iyi olalım. Karakterimizdeki abartıları evimizde törpüleyelim.
– Bu nasıl olacak? Mesela ben çocukluğumdan beri haksızlığa tahammül edemem. Bir yerde haksızlık gördüğüm zaman, hemen müdahale eder, mazluma yardımcı olmaya çalışırım. Kendime de haksızlık ettirmem. Ferhat'ın da bana ya da başkalarına haksızlık ettiğini görürsem, dayanamayıp söylüyorum.
– Haksızlığa müdahale etmen güzel; ama bunu evinde yapma. O huyunu kapının dışında bırak. Sevdiklerinle ayrı bir dünya kur. O dünyanın kuralları dışarısı ile aynı olmasın, olmaması da lazım zaten. Evinde mutlu olman, haklı olmandan daha önemlidir. Diyelim ki eşinle tartıştın ve tartışmayı sen kazandın. Eşin en son "tamam sen haklısın" dedi, suratını buz gibi astı oturdu. Şimdi sen kazanmış mı oldun kaybetmiş mi oldun?
– Bu durumda kaybetmişim gibi görünüyor.

— Gördüğüm kadarıyla ciddi bir insansın, iyi güzel, bir kadına evi dışında ciddiyet yakışır. Fakat evinde olabildiğince rahat olmalısın. Sevimli ol, çocuklaş, cilveli ol, seksi ol, masum ol, kadın ol... Bir kadın gerçekten isterse bunların hepsi olabilir. Allah kadını doğuştan rol yeteneği yüksek yaratmış. Ve kadın her rolü oynayacak kadar cin, oynadığı rollere kendini kaptıracak kadar da saftır.

— Sizce bunları yapabilir miyim?

— Evinde gurur yeleğinden soyunursan, her kıyafet üzerine uyar. "Kadının mizacı giydiği elbise ile değişir." diye bir söz okumuştum. Doğru bir söz olduğunu deneyip görebilirsin. Her gün eşofmanlarınla kocanı karşılarsan yorgun ev kadını modundan hiç çıkamazsın. Arada bir farklı şekillerde giyin.

— Nasıl yani?

— Arada bir farklı kimliklere bürünebilirsin. Tabi konuşmanı ve kıyafetini de ona göre ayarlamalısın.

Mesela bir gün saf köylü kızı ol, bir gün vamp kadın ol, bir gün hayattan bıkmış ev kadını ol. En yorgun olduğun gün giyin eşofmanını, bütün şikayetlerini o gün dök kurtul. Bir gün her şeyden mutlu olan pozitif sevgi çiçeği ol, bir gün mahallenin numaracı kızı ol, Ferhat'ı tavlamaya çalış, saçlarını örgü yap ya da genç bir kızın yapacağı gibi tokayla tuttur.

— Her gün bir kılığa girmeye çalışmak yorucu olmaz mı?

— Her gün olması şart değil ama her gün yapsan da yorucu olmaz. Bir dene, eğlenceli bulacağına eminim. Bu roller seni de eşini de günlük sıkıntılarınızdan uzaklaştıracaktır. Hem de kocan o gün seni hangi kılıkta bulacağı merakıyla ve keyfiyle eve gelecektir.

— Hadi diyelim, ben bu dediklerinizi yaptım. Çocukların diline düşerim dalga geçerler.

— Gurur yeleğini çıkarmadıkça bunların hiçbirini yapamazsın tabi. Yoksa çocuklar bayılırlar oyunlara. Onları da bu oyuna katabilirsin. Mesela köylü kızı olduğun gün şalvarını, güllü kazağını giy, yemeğini ona göre pişir. Bulgur pilavı, çorba, salata yap. Oturup yer sofrasında yiyin. "Gelin yavrularım, kuzucuklarım!" diye onları sofraya topla. Esprili konuşman onların hoşuna gider.

— Ya vamp kadın olunca ne olacak?

— Bugün ben bakımlı, havalı kadın günümdeyim, de. Bak kızın sana, nasıl daha havalı olabileceğin konusunda yardımcı bile olacaktır.

— Ben en çok hayattan bıkmış ev kadını rolünü tuttum.

— Alıştığın bir rol olduğu için olmasın. O gün istediğin kadar şikayet et, işleri yorgunum diye onların üstüne yık, onlara yaptır. Bu değişik rollerle çocuklarına söyleyemediğin, yaptıramadığın şeyleri de yaptırabilirsin. İnsanlar evlerine girmek istemiyor, evlerinden de birbirlerinden de sıkılıyorlar. Televizyonda iki espri görseler akılları gidiyor, mutlu oluyorlar, o esprileri neden kendi aranızda yapmayasınız?

— Doğru söylüyorsunuz. Ben çoğu zaman kendimden sıkılıyorum. Bu hafta söylediklerinizin ne kadarını başarabilirim bilmiyorum ama yapmak için gayret sarf edeceğim.

— Bir tıp profesörü diyor ki: "Mutlu ve coşkuluymuş gibi davranın. Davranışlar ruhsal gücümüzü etkiler. Eğer bir insan gerçekte o duyguları hissetmese bile, yüz hatlarını o duygularını hissettiği zamanki duruma getirirse, vücudu, gerçekte o duyguları hissediyormuş gibi bir tepki verir. Kalp atışı ve kan basıncı o duruma uyar. Kaşını çatarsan vücudun gerçekten can sıkıcı bir şey varmış gibi tepki verir.

Bu yüzden gülümsemek için kendimizi zorlamalıyız. Gülümsemeden daha etkili bir kozmetik yoktur.

👣 YİRMİ ÜÇÜNCÜ ADIM

— *Geçmişe takılma.*
— Günü yaşa diyorsunuz yani?
— Evet. İnsanın en büyük düşmanı kendisidir. Geçmiş, adı üstünde geçmiş olmalı ama pek çok insan geçmişi bir türlü geçmiş yapamıyor. Eğer geçmişi geride bırakamazsak o, hem bugünümüzü hem de geleceğimizi mahveder.
— Ama yaşadığımız kötü anları unutmak hiç kolay değil.
— Haklısın, zaten ben geçmişi unutalım demiyorum, geride bırakalım diyorum bu da ancak affetmekle mümkün. Eşinle bu güne kadar seni kıran, inciten, ne yaşadıysan, yaşamış ol, eşine kin tutma.
— Bu kin tutmak mı bilmiyorum ama Ferhat'la ne zaman kavga etsek tanıştığımız günden bu güne, beni üzdüğü ne kadar anlar, olaylar varsa hepsi gözümün önüne geliyor.
— Sadece gözünü önüne mi geliyor?
— Hayır, çoğu zaman dilimden de dökülüyor. Bazen kendi kendime de şaşıyorum o olayı niye bu olaya karıştırdım diye. Mesela Ferhat akşam eve geç geldi diyelim, geç gelmesi üzerine başlayan tartışmada, bir bakıyorum ortaya fırlattığı çoraplara gelmişim, ailesinden çıkmışım. Bugün yaşadığımız bir tatsızlık yüzünden başlayan kavga, on yıl öncesi yaşadığımız bir olayı hatırlamam yüzünden, şiddetlenebiliyor. Ferhat da, "Geçmişi unut!" deyip bana kızıyor.
— Erkeklerin geçmişle pek fazla işleri yoktur. Geçmiş, kadınların yanında kıymetlidir. Kadınlar geçmişte ne kadar kötü anı

varsa, çok değerli bir hazineymiş gibi hafıza sandığında saklarlar. Ve o anıların tozlanmasına da asla izin verilmez. Her fırsatta çıkarıp çıkarıp tozu alınır. Yalnız geçmişin tozu alınırken, bugününü kirlendiği fark edilmez.

– Benim sandığım da oldukça dolu.

– Geçmişi hatırlamak, seni üzmekten başka bir işe yaramaz. Yapılan bir araştırmaya göre kadınlar geçmişi hatırlayınca geçmişle ilgili bilgiyle birlikte, o günkü yaşadığı duygu da birlikte beraber geliyormuş. O gün ne kadar kırıldın, üzüldün, acı çektiysen, hatırladığında olayı yeniden yaşıyormuş gibi etkileniyormuşsun.

– Zaten ben kötü anıları hatırlayınca hep ağlarım.

– İşte bu sebepten dolayı, kadınların geçmişi az hatırlamaları öncelikle kendi iyilikleri için gereklidir. Geçmişte seni üzen kişi; yaptığı hareketle seni bir kez üzdüyse, sen her hatırladığında kendini defalarca üzüyorsun.

– Böyle bakınca esas kötülüğü kendime ben yapıyorum gibi duruyor.

– Başta da söylediğim gibi insanın en büyük düşmanı kendisidir. Biz izin verdiğimiz kadar insanlar ve olaylar bizi üzer. Aynı olayı yaşayan binlerce insan, olaydan farklı etkilenir.

– Sandığın kapağını mümkün oldukça açmamak gerekiyor o zaman.

– Bunun içinde anıları sandığa kirli koymaman gerekiyor. Affetmiş ve temizlemiş olarak koyarsan, çıkarıp tozunu alma ihtiyacın olmaz. Anılar kirli kaldığı için seni rahatsız ediyor.

– En kısa zamanda hafıza sandığımda iyi bir temizlik yapmam gerekiyor. Düşünüyorum da evi temizlemeye kendimi o kadar kaptırmışım ki kendi içimi çöpe çevirmişim. Bu haftadan sonra artık temizliğin anlamı benim için değişti.

👣 YİRMİ DÖRDÜNCÜ ADIM

— Mutluluğunu, eşinin üstüne yükleme.

Bu erkek için büyük bir yüktür. Pek çok evli kadında "Kocam bana istediğim gibi iyi davransa ben mutlu olurum." düşüncesi vardır.

— Bu düşüncede bir haklılık payı yok mu?

— Bir parça haklılık payı var. Kadının kocası ile arası iyiyse, tabi mutlu olur; kötü olduğunda da mutsuz olur. İnsanın eşiyle ilişkisi, hayatını mutlaka etkiler ama tüm hayatın sorumluluğunu da eşin üstüne atmamak lazım. Belki hatalı sensin. Mutluluğunun sorumluluğunu kocanın üstüne attığında, mutsuzluğundan dolayı da ona kızgınlık duymaya başlarsın. Bu da ilişkinizi daha da kötü yapar.

— İşlerim ters gittiğinde konunun Ferhat'la hiç alakası olmasa bile aklıma o geliyor ve bir bağlantı bulup ona kızıyorum. Mutlu bir kadın olsam belki işlerim de ters gitmeyecek diye düşündüğüm çok oldu.

— Kadın mutluluğunu kocasına bağladığında erkek de huzursuz olur. O da karısına kızgınlık duyar.

— O niye kızgınlık duyuyor?

— Bu çok ağır bir yük. İçindeki mumu sen söndürürsen hiç kimse yakamaz. Hayatının sorumluluğunu kendin yüklenmelisin. İnsanın eşi mutlaka çok önemlidir ama koca ile de kafayı bozmamak lazım.

— Sizce ben de kocayla kafayı bozan kadınlardan mıyım bilmiyorum ama Ferhat'la aram kötüyse bütün gün temizlik yaparken, yemek yaparken, aklımda hep o oluyor. Akşamki ya da sabahki tartışma bütün gün beynimde dönüp duruyor. İşin en kötüsü de ben bütün gün kendimi yiyip bitirdiğim olayın akşamı Ferhat, eve geldiğinde hiçbir şey yokmuş gibi davranıyor, bazen tartıştığımızı bile unutmuş oluyor. Buna inanamıyorum. Adam işe gidiyor ve her şeyi unutuyor.

— İyi ki erkekler de kadınlar gibi değil, iyi ki unutuyorlar. Bunun pek çok faydası var. Düşünsene bütün erkekler, iş yerinde gün boyu eşleriyle aralarındaki sorunları düşünüyor olsalar, sinirli sinirli ya da dalgın dalgın iş yapsalar, dünya ne hale gelirdi. Ya da eşin de senin gibi geçmişi biriktirip sürekli sana hatırlatıyor olsa hayat çekilmez olurdu. Belki bunlar içindir ki onlar küçük şeylere odaklı ve detaycı yaratılmamış.

— Evlilik sorunları küçük şeyler değil ki!

— Aslında çoğu küçük şeyler. Sorunu büyüten bizleriz. Sorun olduğunda sorun üzerinde değil çözüm üzerinde düşünmelisin. Mutluluğunu onun üzerine atıp, ilk adımı ondan beklememelisin. Özür dilesin, aramızı düzeltmek için o adım atsın diye beklemek seni pasifleştirir ve mutsuz etmekten başka bir işe yaramaz. Evlilik yıldönümümüzü hatırlamıyorsa, ben asla hatırlatmam, kendi hatırlarsa bir anlamı var, diye düşünmek sevgiyi değil gururu gösterir. Harekette bereket vardır. Bekleme, mutluluğun için sen adım at.

— Tamam gayret edeceğim.

— Hayatında her şeyden şikayet eden bir adam varmış. Bir yıl bahçesindeki ağaçlar çok güzel meyve vermiş. Komşusu: "Bu yıl keyfin yerinde olmalı. Ağaçların dalları meyvelerle dolu." demiş. Adam: "Pek fena değil; ama bu yılda hayvanlara yem olarak vermem gereken çürük elmalar yok, o beni üzüyor." demiş.

Mutsuz olmak için sebepler bulma.

👣 YİRMİ BEŞİNCİ ADIM

Erkek dili "Netçe"yi öğren.

– Zor bir dil midir?
– Çok kolay bir dil. Biz kadınların dili "Bükçe" gibi konuşurken imâlar, eğip bükmeler falan yoktur. Gayet net, açık ve düz bir dildir.
– O zaman öğrenecek bir şey yok.
– Tabi ki var. Kadın ile erkek arasındaki yaratılış farklarından birisi de iki cinsin konuşma dillerinin farklılığıdır. Beyinler farklı çalışınca, haliyle dilden dökülenler de farklı oluyor. Erkek dili kolaydır; ama biz kadınlar düz yolda yürümeye alışkın olmadığımız için sürekli sapaklar bulmaya çalışırız.
– Nasıl yani?
– Mesela sofrada kocan sana "ekmeği getirir misin" dediğinde sadece ekmeği getirmeni istiyordur. Sofraya ekmeği getirmeyi unuttuğun için beceriksiz bir kadın olduğunu ima etmeye çalışmıyordur. Ya da saçın dökülüyor diyorsa, sadece saçının döküldüğünü söylüyordur, kel kalırsan seni sevmem, demek istemiyordur.
– Emin misiniz? Onlar hiçbir şey imâ etmezler mi?
– Erkekler biz kadınlar gibi imâ, mesaj ya da kıssa anlatıp hisse bulma metodunu pek kullanmazlar. Erkek fıtratına aykırıdır.
– Erkekler kıssa anlatmak yerine, hisseyi suratında patlatır diyorsunuz yani.
– Evet öyle de diyebiliriz. Bazen kırıcı olabiliyorlar ama kadınlar gibi kurnazlık yetenekleri pek fazla olmadığı için ve az kelime ile konuşmayı sevdiklerinden dolayı dolambaçlı yolla-

ra girmek istemiyorlar. Erkekler de dolambaçlı yollarda olsalardı, emin ol, kadın erkek hiç anlaşamazlardı. Tabi dünya da yaşanmaz olurdu.

– Netçe'yi öğrenmemin kadınlara ne faydası olacak?

– Kadınlar "Netçe"yi öğrensinler ki erkeklerin her sözünün altından bir anlam çıkarmaya çalışmasınlar, alınganlık etmesinler. Erkeklerle konuşurken net olmaya çalışsınlar. Onların anlamasını beklemek yerine, açıkça söylesinler. Kadınlar kırıldıkları zaman neye kırıldıklarını bile söylemiyorlar, erkeğin anlamasını bekliyorlar, anlamazsa da surat asıyorlar. Bu durumda erkekler de ne yapacaklarını şaşırıyorlar.

– Ama erkekler de, azcık da dolambaçlı yollara girsinler. Düz düz de gitmez ki hayat. Her şeyi dan dana söyleyip kalbimizi kırmasınlar. Onlar da "kadın dilini" öğrensinler.

– Kadın dili "Bükçe" hikâyesini yazdıktan sonra beklemediğim kadar çok teşekkür aldım erkeklerden. Bu kadar ilgilerini çekeceğini düşünmemiştim. Demek ki erkekler de kadınları doğru tanımak ve ona göre davranmak istiyorlar. Belki de bugüne kadar hata bizdeydi; kadınları onlara, olduğu gibi tanıtmadığımız için...

– Aslında dünyadaki en önemli şey kadın ve erkeğin doğru iletişim kurması değil mi? Çünkü dünya kadın ve erkeğin üzerine kurulu. Fakat maalesef ki bir eğitim almadan bir arada yaşamaya başlıyoruz. Sonra da üç günde aşkı, beş günde sevgiyi kaybediyoruz.

– Her şeyin bir ilmi vardır. Sevmenin de bir ilmi var tabi ki. Seven gönül, sevgiyi yaşatan akıldır. Sevgi gönülden doğar, akıldan beslenir büyür. Akıl sevgiyi beslemezse o sevgi kısa zamanda ölür gider.

– Sevgi deyince sadece gönül işi olarak düşünmüştüm hep.

– Bütün hata da burada zaten. Sevgiyi gönlün üstüne yıkmak, yeni doğan bebeği kendi başına büyüsün diye ortada bırakmak, ilgilenmemek gibidir.

Muhabbet Olsun

— Akıl ne zaman devreye girecek?

— Sevdiğini uzaktan seveceksen akla hiç ihtiyacın yok. Sev platonik platonik. Ne zaman ki bir araya gelmeye başladın, sözler ve davranışlar karşı karşıya geldi, aklın hemen devreye girmesi lazım. Evlilikte gönül ve akıl işbirliği çok önemlidir. Gönül ve akıl el ele verirse sevgi hiç azalmaz, gün geçtikçe artar.

— Sevgiyi kaybetmemek çok önemli.

— Sevdiğin neden hoşlanır, neden hoşlanmaz, nasıl mutlu olur, neye kızar, niçin kırılır, onun için ne yapman lazım? Sor soruları, bul cevabı, yap hizmeti, bakalım sevgi ölüyor mu?

— "Ne, nasıl, neden, niçin"leri sıralayınca sevginin akla neden ihtiyacı olduğu daha iyi ortaya çıktı.

— Gönül bencildir, sadece kendini düşünür. Sevdiğine kavuşmayı isterken de kendini düşünür. Kavuşup mutlu olayım ister. Gönlün bu bencillikten kurtulması için, aklın yol göstericiliğine ihtiyacı vardır. Ancak akıl yardım ettiğinde, sevdiğini düşünmeye başlar.

— Tamam bu bilgilerden sonra erkek dili "Netçe"yi öğrenmeyi daha çok istiyorum. Başka kuralları var mı?

— Var. Erkekler soru sorulmasını ve soru sormayı sevmezler. Biz kadınlar soru sormayı severiz. Soru sormayı çoğu zaman amaç dışı kullanırız. Bizim için cevaplar pek önemli değildir. Kadınlar karşıdaki ile ilgilendiğini göstermek için, biriyle tanışmak için, sohbet başlatmak için farklı sebeplerle soru sorarlar. Erkekler ise soru sorulduğu zaman kendini hesaba çekiliyormuş gibi ya da işlerine burun sokuluyormuş gibi hissederler. Doğru düzgün cevap vermezler.

— Haklısınız. Ben de akşam evde sohbet muhabbet edelim diye Ferhat'a soru sorarım. O da doğru düzgün cevap vermez, konuşmak istemiyor diye benim de canım sıkılır. Demek ki erkekleri konuşturmanın yolu soru sormak değilmiş.

— "Netçe"nin başka önemli bir kuralı da şudur: Erkekler "hayır" kelimesini gerçek anlamında bir şeyi istemedikleri zaman kullanırlar, "evet" sözcüğünü de bir şeyi istedikleri zaman kullanırlar. Biliyorsun biz kadınlar bazen nazlanmak için, istediğimiz bir şeye "evet" dememiz gerektiği halde "hayır" deriz. Bekleriz ki karşımızdaki anlasın, ısrar etsin, ondan sonra "evet" diyelim. Erkekler bu yöntemi kullanmazlar. Bir erkek "hayır" diyorsa üstüne gidip, ısrar edip zorla yaptırmaya çalışmamak lazım.

– Bunu öğrendiğim iyi oldu.

– Netçe'nin başka bir kuralı da erkekler, emir cümlelerini sevmezler. Hele bir kadın emir cümleleri ile ondan bir şey istiyorsa, hükmedilmeye çalışıldığını düşünür ve yapacağı bir şeyse bile direnebilir.

– Emir cümleleri kurduğumda Ferhat'la hep çatışıyoruz.

– Netçe'de önemli bir kural da erkekler yardım istemeyi ve istemedikçe yardım teklif edilmesini sevmezler. Kadınlar ise yardım istemekten çekinmezler ve yardım teklif etmeyi de pek severler.

– Bunun için mi bir adres ararken Ferhat birilerine sormak yerine, kendim bulacağım, diye dolanıp duruyor. Ben "Dur bir soralım!" dediğimde hiç dinlemediği gibi bir de sinirleniyor.

– Evet. Erkekler mücadeleyi ve başarmayı severler. Yardım istemeyi de zayıflık olarak görürler. Bu yüzden çok zorda kalmadıkça yardım istemezler. Bu yüzden eşin araba kullanırken, yanında sessice otur ve gezintiye çıktığını hayal et. Sus ki tatsızlık çıkmasın. Biraz dolansanız da o nasıl olsa halleder. Tabi bu konu sadece araba kullanmayla ilgili değil. Onu üzgün gördüğünde de hemen "Ne yapabilirim?" diye yardım teklif etme. Onun yanında ol ve başaracağına inan yeter. Ondan daha akıllı ve güçlü görünmeye çalışma. Her zaman ona ihtiyacın olduğunu hissettir.

– Erkekler otoriter kadını da ezik kadını da sevmezler, diye okumuştum bir yerde.

– Çok doğru. Erkekler kadının kadınsılığını ve yumuşaklığını seviyorlar. Yumuşaklık ile eziklik arasında çok fark vardır.

Muhabbet Olsun

— Güçlü görünmemek demek, ezik olmayı getirmiyor yani.

— Aynen öyle. "Netçe"de bir önemli kural da erkekler, dert anlatmayı ve hatalarını konuşmayı sevmezler. Biz kadınlar dert anlatmayı severiz, hatalarımızı anlatmaktan gocunmayız hatta çoğu zaman gülerek anlatırız. Oysa erkekler geçmişte yaptıkları bir hatanın hatırlatılmasından bile hiç hoşlanmazlar.

— Netçe'de en kıymetli sözcükler nedir?

— Takdir cümleleri tabi ki. Erkek küçücük bir şey de yapmış olsa takdir edilmekten çok hoşlanır. Takdir edildikçe, teşekkür edildikçe daha çok yapmak isteği duyar. Eleştirildikçe ve suçlandıkça da yaptıklarını bırakır, yapacaklarını yapmaz ve kadından uzaklaşır. Bu durumda erkek, bazen bilinçli bazen bilinçsiz olarak kendinin kıymetini bilecek, takdir edecek başka bir kadın aramaya başlar.

— Ne çok hata yapıyormuşum meğer! Kendimi ve etrafımdaki arkadaşlarımı düşünüyorum da bütün yaptığımız kocalarımızı eleştirmek. Şunu yapmıyorsun, bunu yapmıyorsun, şunu yap bunu yap...

— Her erkek, sevdiği kadının kahramanı olmak ister. Hiçbir kahraman da hatalarının sayılıp, burnunun yere düşürülmesinden hoşlanmaz. Erkekler zaten hatalarının çoğu zaman farkındadırlar, bilmedikleri için değil yapmak istemedikleri için yapmazlar. Fakat takdir edilen erkek yapmadığı pek çok şeyi yapmaya başlar.

— Biz kadınlar da erkekler istediklerimizi yapmayınca, bilmiyor ya da unutuyor diye sürekli öğretmeye çalışıp tekrar ediyoruz.

— Netçe'de tekrar kelimeler en berbat kelimelerdir. Erkekler kadınların onlara sürekli bir şeyi hatırlatmalarından nefret ederler. Bir şeyi çok söyleyen kadına dırdırıcı gözüyle bakarlar.

— Anladım, yapılmayanın üzerinde durmayacağız, yapılanları görüp takdir edeceğiz.

— Her erkek kendini dünyanın en yakışıklı, yakışıklı değilse de en çekici erkeklerinden biri zanneder. En güçlü ve en akıllı olduğuna da inanır. Kadın ise "sen zannettiğin gibi değilsin" diye tam aksini ispat etmeye çalışırsa, o kadın o erkek için bitmiş demektir. Eğer zorunluluktan devam etmesi gereken bir evliliğin içindelerse erkek kadına ya ölü muamelesi yapar ya da aptal muamelesi. Çünkü ancak ya bir aptal ya da bir ölü onun gibi bir adamın kıymetini bilmez.

– Erkekler takdir edildikçe şımarmazlar mı?

– Hayır. Erkekler takdir edildikçe gayrete gelirler. Kadın erkeğe kendini iyi hissettirmelidir. Kadın "Ben çok şanslıyım senin gibi bir biriyle evli olduğum için..." gibi cümlelerle ya da "Evimin güneşi, hayatımın anlamı, yiğidim, erkeğim" gibi hitaplarla erkeğin kulağından kalbine halat atarsa onu kendine sıkıca bağlayabilir.

– Ben de tam aksi "Nerden düştüm senin gibi adama?!" havalarında davranıyorum kocama. Sizi dinledikçe yaptığım hataları çok iyi fark ettim.

– Sevgi emek ister, sevgili muhabbet etmek ister. Muhabbete de hizmet gerek. Muhabbeti istiyorsun sevdiğine adım adım yaklaş, onun adımlarını saymadan ve beklemeden.

Ona hizmet et. Elinle, ayağınla, dilinle, gözünle, kulağınla, aklınla ve tabiî ki gönlünle...

Bunun için de muhabbet yolundaki taşların farkında olup onları kaldırman lazım.

– Sayenizde epey bir taşı gördüm ve yoldan kaldırmaya başladım. Bazıları ağır geldi ama vazgeçmeyeceğim.

– Evdeki kahramandan yardım iste. Hatalarını gördüğünü samimiyetle ona itiraf edersen sana seve seve yardım edecektir.

– Tamam, teşekkür ederim.

– Seninle görüşmemiz bitti. Muhabbetin bol olsun.

Ferhat'la On Beş Adım

– Öncelikle size teşekkür etmek istiyorum, diye söze başladı Ferhat.

Biraz heyecanlı gibiydi.

– Şirin'de çok büyük değişiklikler var. Açıkça söyleyeyim size ilk gelirken Şirin'in ısrarı ile geldim. Bir şeylerin değişeceği konusunda pek ümidim yoktu. Bir zamanlar onun aşkından dağları bile deleceğime inanmıştım ama bu evliliğin düzeleceği konusunda pek bir ümidim yoktu. Onu artık sevmediğimi düşünüyordum ama gördüm ki aşk ateşim bitmemiş sadece küllenmiş. Muhabbet adımları ile aşk ateşimizi yeniden tutuşturduk.

– Çok sevindim.

– Şirin'deki değişime inanamıyorum. Ben de muhabbet için atmam gereken adımlara hazırım.

– Tamam, başlayalım o zaman.

👣 YİRMİ ALTINCI ADIM

— *Eşine değerli olduğunu hissettir.*

— Buraya gelirken ilk adımı tahmin etmeye çalıştım. Kadınlar için sevildiğini bilmek çok önemli olduğu için "Sevgini göster" diye başlayacağınızı düşünmüştüm. "Değerli hissettirmek" ile başlamanız beni şaşırttı.

— Kadın için de erkek için de değerli olmak, en önemli duygusal ihtiyaçtır. Sen ona değerli olduğunu hissettirirsen, o sevildiğine inanır. Günümüzde kadın hareketleri yüzünden kadınlar üzerinde büyük bir değersizlik baskısı var. Kadın erkek ilişkilerinde sorunun kaynağı bu olduğuna göre çözüme de buradan başlamak gerekir, diye düşünüyorum. Bu baskının oluşmasında erkeklerin kendi hatalarını görmeleri gerekir.

— Ne gibi hatalar bunlar?

— Birincisi, erkekler dünyasında yüzyıllardan beri devam edip gelen bir kadınları küçümseme durumu var. Büyük görünen işleri kendileri yaptıkları için, küçük görünen işleri yapan kadınlar biraz hor görüyorlar. Aslında o küçük gibi görünen işler yapılmasa, büyük işler hiç yapılamaz. Belki feminizmin kadınlar tarafından bu kadar rağbet görmesinin sebebi, büyük işler yaparak erkeğin gözünde değerli olma duygusuydu. Yol yanlıştı, yöntem yanlıştı ama değersizlik duygusu da çekilir gibi değildi.

— Kadınların feminist olmasına biz erkekler mi sebep olduk yani?

— Sebeplerden biri ve en önemlisi olduğunuz kesin. Erkeklerin yanılma noktası kadınları önemsememeleri oldu. Şu hayat

Muhabbet Olsun

kuşunun kanatları erkekse, boynu kadındır. Kanatları olmayan kuş uçamaz; ama boynu kırılan kuş da yaşayamaz. Çok da bir işe yaramıyor gibi görünen boyun, aslında, kuşun hayat bağıdır. Fakat erkekler kendilerini hayata bağlayan boynu önemsemeyip, ona kuyruk muamelesi yaptılar. Hor ve küçük gördüler. Boynu incittiler. Şimdi boyun intikamını alıyor. Erkek milletini sersemletmiş durumdalar. Fakat ne boyun mutlu ne de kanatlar.

– Bu konuyu hiç böyle düşünmemiştim.

– Erkeklerin ikinci hatası feminizm ve romantizm gibi farklı kollardan hızla yayılan kadın hareketlerini pek ciddiye almadılar. Yine bunun temelinde de erkeklerin kadınları pek ciddiye almamaları var. Başlangıçta bu akımları bir kadın yaygarası olarak görüp ilgilenmediler. Velhasıl erkekler feminizm ve romantizm hareketleri karşısında başlarına gelene şaşakaldılar. Her taraftan bir bombardımana tutuldular.

– Gerçekten de biz erkekler üzerinde çok büyük bir baskı var. Romantizmden nefret ediyorum. Karımın romantizm merakı yüzünden kendimi, kaba saba bir dağ adamı gibi görüyorum. İçimden romantik olmak da gelmiyor.

– Romantizm akımı başlayana kadar kadınların, erkeklerin duygularını göstermeleri konusunda içten gelen bir istekleri olsa bile, beklentileri yoktu. Erkekleri olduğu gibi kabul etmişlerdi. Fakat romantizm akımından sonra kadınlar, artık açıkça istemeye ve beklemeye başladılar. Duygularına karşılık, erkeklerin duygularını görmek istediler. Erkekler tarafından anlaşılmak ve sevilmek istediler. Erkeklerden bekledikleri davranışları göremeyince de mutsuz olmaya başladılar.

– Ve tabi bizi de mutsuz ettiler.

– Aslında romantizm Türk erkekleri için biraz gerekliydi. Çünkü Türk toplumu olarak erkekleri yetiştirirken insan olmaktan çok, erkek olmak ön plana çıkarılıyor ve erkeklere insanî yönleri olan duygularını bastırmaları, gizlemeleri öğretiliyor.

– Eskiden erkeğin başkalarının yanında çocuğunu sevmesi, kucağına alıp öpmesi karısı ile yan yana oturması ayıptı. Hele başka birine karısını sevdiğini söylemesi tümden ayıp ve zayıflık olarak görülürdü. O zaman benim Şirin'e duyduğum aşkı bile kınamışlardı.

– Bu yüzden bir parça romantizm gerekliydi. Duygularını gösteremeyen erkeklere bir kapı açıldı ve kadın ruhunu anlamaya başladılar. Fakat gazeteler, dergiler, televizyon bununla yetinmedi. Baktılar rağbet çok, her gün bu konu ile ilgili bir şeyler yazılıp çizildi. Tabi bu arada kötü niyetlilerde boş durmadılar, zehirlerini kustular. Gerekli gereksiz bilgiler birbirine karıştı.

– Biz erkekler Türk geleneğinin katılığı taş fırın erkeklik ile romantizmin yumuşaklığı layt erkek arasında bocaladık kaldık.

– Kadınların da erkeklerin de kafası karışmış olunca haliyle evliliklerde çok sorun yaşanmaya başladı.

Bunun için ilk adıma "değer vermek" olarak başladım. Bana kadınlardan gelen en büyük şikayet de bu konuda. "Eşim bana değer vermiyor, televizyonu, koltuğu, kanepesi bile benden kıymetli, eşi olacağıma keşke elinde tv kumandası olsaydım!" diyenler oldu. O halde bir erkeğin en çok dikkat etmesi gereken konu, eşine ona değer verdiğini hissettirmesidir.

– Peki ona değerli olduğunu hissettirmem için ne yapmam gerekiyor?

– Bunu bu hafta konuşamayız. Bir haftaya sığacak bir konu değil. Bundan sonraki haftalarda atılacak adımlar, erkeğin kadına onu nasıl değerli hissettireceğini anlatan adımları olacak diyebilirim sadece.

YİRMİ YEDİNCİ ADIM

— *Sorumluluklarını yerine getir.*

— Elimden geldiği kadar yaptığımı düşünüyorum.

— Bir örnek üzerinden konuşmak için sana bazı sorular soracağım. Mesela, sen bir çiftçisin ve yaşadığın yere uzak bir yerden bir çiftlik satın aldın. Toprağında ürün yetiştireceksin. Önce ne yaparsın?

Ferhat gözleri yerde bir süre sustu. Sonra yavaş yavaş konuşmaya başladı.

— İlk önce pek çok konuda araştırma yapar, bilgi toplarım. Çiftliğin olduğu yerin iklimi ile ilgili bilgi sahibi olmam lazım; hangi ürünü dikeceğime karar vermem için... Önce dış şartlara bakarım yani.

— Genel bilgiler gerekli diyorsun.

— Evet. Sonra ürün için kesin kararı vermek için toprağı tanımam lazım. Bir toprakta her ürün yetişmez. O toprakta yetişen en iyi ürünü seçerim. Bu bir çiçek de olabilir mercimek de. Bu kararı toprağa bakarak veririm.

— Kararını verdin, seçtin ürününe göre ekimi dikimi yaptın, bıraktın. Sonra ne yaparsın, ürün vermesini mi beklersin?

— Olur mu öyle hemen ürün? Sürekli ilgilenmek lazım. Toprağın bakımını yapmak lazım, yabanî otlar çıkarsa onları temizlemek lazım, suyunu gerektiği kadar düzenli şekilde vermek lazım.

— Bunları da yaptın, iyi bir ürün aldın. Bir sonraki ürün için aynı işlemleri yeniden mi yaparsın, yoksa bir kere ürün aldım, yine verecektir diye oturup bekler misin?

– Oturup beklersem ellerin boş kalır. Bütün işlemleri yeniden yapmam lazım ki yeniden ürün alabileyim.

– Bu örnek üzerinden devam edelim. Rabbimiz, dizaynımızın, tasarımımızın, canımızın, kısacası her şeyimizin yaratıcısı. Yüce kitabımız Kur'an'da bir ayeti kerimede "Erkeği çiftçiye, kadını toprağa" benzetmiş. Bu durumda karınla olan ilişkide de sen çiftçisin, o toprak. Sevgi de sizin çiçeğiniz; yani ürününüz.

– Ben de neden bu soruları soruyorsunuz diye düşünüyordum. İyi de kadın ve erkeğin ürünü çocuklar değil midir?

– Bu ayet kadın erkek ilişkisinde geniş kapsamlı bir ayet. Cinsel ve duygusal anlamda yorumlanıyor. İki durumda da erkek çiftçi, kadın toprak. Cinsel anlamına bakılırsa ürün çocuk, duygusal anlamına bakılırsa ürün sevgi.

– Yani çiftçi olarak sevgi çiçeği yetiştirmek için bana iş düşüyor anladığım kadarıyla. Fakat toprağın kalitesi de önemli değil mi? Sert ve taşlı bir toprakta gül yetiştiremem.

– Haklısın, tabi ki toprak da önemli. Kadın da iyi bir toprak olmak için gayret edecek. Sen de daha önce söylediğin gibi, bir çiftçi olarak toprağı iyi tanıyıp hangi ürünü verecekse onu ekip dikmelisin. Gül yetişmeyebilir ama mesela buğday yetişebilir.

– Yani kadın toprak gibidir, sen ürün almayı bilirsen diyorsunuz.

– Ben demiyorum, Yaradan diyor. Erkek ilk adımı atandır, kadın üretendir. Ayrıca kadın bire bir vermez, bire on, bire yüz, bazen bire bin verir. Sen bir gül fidesi dikersin, o sana deste deste gül verir. Sen bir elma ağacı dikersin, o sana yüzlerce elma verir. Ama sen ona limon çekirdeği dikersen, o da sana bol bol limon verir, hayatın bol ekşili geçer.

– Acı biber ekersem de bol acılı geçer o zaman.

– Aynen öyle.

– Kadınlar keşke papatya gibi olsalardı. Narin bir çiçek olmasına rağmen kendi kendine yetişen.

— Öyle kadınlar da var. Çiftçisi olmadığı için ya da çiftçisi ilgilenmediği için gayretle topraktan fışkıran. Hayatı güzelleştiren ve faydalı olan. Ama genel olarak ürün almak için bir çiftçiye ihtiyaç vardır.

— Benim sorumluluğum iyi bir çiftçi olmak o zaman.

— Kur'anı Kerim'de ailede söz hakkı olarak, erkeğe üstünlük verilmiş. Yani evin reisi erkek seçilmiş. Bu da erkeğe verilmiş bir sorumluluktur. Erkek ailesinden sorumludur.

— İki durumda da çiftçi benim. Bir çiftçi önce ürünü ilgilendiren her konuda bilgi sahibi olmalı dedik. İyi bir ürün için hem genel bilgiler hem özel bilgiler lazım, dedik. Genel bilgiler konusunda sizin yardımınız için buradayım.

— Genel bilgilerde sana yardımcı olacağım. Özel bilgileri de eşini gözlemleyerek, karakterini, huyunu suyunu göz önüne alarak sen öğreneceksin.

— Hemen başlayalım o zaman.

— Bu hafta olmaz. Haftaya başlarız.

— Ama biz iki hafta olduğu halde, hiç adım atmadık. İlk hafta bana eşine değer ver dediniz ama onu nasıl davranırsam değerli hissettireceğimi söylemediniz. Bu hafta da toprağı tanımalısın diyorsunuz ama toprakla ilgili bilgi vermiyorsunuz.

— Haklısın, davranış olarak adım atmadık. Ama düşünce olarak iki adım attık. Sen bu iki adımı içinde sindirir ve atman gereken adımlar olduğuna inanırsan, sonraki adımları atman kolay olur.

— Bu güne kadar bir erkek olarak daha çok, maddi şartlara odaklanmışım. Eşimin çocuklarımın karnını doyurursam, iyi şartlarda yaşatırsam, sorumluluğumu yerine getirmiş olacağıma inanmışım.

— Kur'anı Kerim'le başladık, Peygamberimiz'in tavsiyeleri ve yaşantısından örnekle bu haftayı tamamlayalım.

Peygamberimiz, erkeklere eşleri ile muhabbet etmelerini tavsiye etmiş, el ele tutuşmanın, göz göze bakışmanın önemine dikkat çekmiş. Bir evin rızkının bereketinin karı koca arasındaki muhabbet içinde olduğunu bildirmiş. Eş ile muhabbetin dünya ve ahiret mutluluğuna sebep olacağını bildirmiş.

"Bir eşin, eşine sevgiyle bakması sonbaharda sararan yaprakların dallarından dökülmesi gibi onların günahlarını döker, temizler." diyerek muhabbeti teşvik etmiştir.

Peygamberimiz'in yaşantısına baktığımız zaman, erkeklere örnek olacak muhabbeti artırıcı, çok hoş davranışları var. Öncelikle şunu unutmayalım; Allah'ın en sevgili kulunun bile bir kadını sevmeye ve onun tarafından sevilmeye ihtiyacı vardı. Sevgili Peygamberimiz, eşini sevdiğini söylemekten hiç çekinmemiştir. Peygamberimiz kendisine defalarca sorulan "İnsanların içinden en çok kimi seviyorsunuz?" sorusuna her seferinde hiç duraksamadan "Aişe'yi" diye cevap vermiştir.

Hz Aişe ile yemek yerken Hz Aişe'nin bardağını kullanır, bunu yaparken de onun içtiği yerden içmeye özen gösterirdi. Sevgili karısının sofrada yediği yemekten yemeyi tercih eder, onun ısırdığı yerden ısırırdı. Birbirlerinin gözlerinin içine bakarak yapılan bu sessiz latifeleşmeler, aralarındaki muhabbeti her daim taze tutardı.

Hz Aişe'nin yanına geldiği zaman "Benimle konuş, bana bir şeyler anlat Aişe" der, yorgunluğunu karısı ile muhabbet ederek giderirdi. Gece eşinden müsaade isteyerek ibadete başlardı.

Hz Aişe ile koşu yarışmaları yaparlar, birlikte yarışmaları ve gösterileri izlemeye giderlerdi. Bunun yanında Hz Aişe"nin ilim alanında çalışmalarına da hep destek olmuştur.

Hz Aişe, Peygamberimiz tarafından çok sevildiğini bildiği halde her kadın gibi bunu eşinden duymak istemiştir.

Muhabbet Olsun

Sık sık "En çok kimi seviyorsun?" diye sorardı. Peygamberimiz "seni" derdi.

O zaman "Nasıl seviyorsun?" diye sorardı.

Peygamberimiz "Kördüğüm gibi..." derdi.

Arada bir "Kördüğüm ne durumda?" diye sorardı.

Peygamberimiz "İlk günkü gibi..." derdi.

– Örneklere bakarsak Peygamberimiz romantik bir erkekmiş.

– Evet aynen öyle. Zarif ve romantik bir erkek. Peygamberimiz ilk evliliğine de bakalım. Peygamberimiz yirmi beş yaşındayken kırk yaşındaki Hz Hatice ile evlenmiş ve yirmi beş yılını da tek eşle, vefat edene kadar Hz Hatice ile geçirmiş. Onunla da çok muhabbetli, sevgi dolu bir evliliği olmuş. Hiçbir eşine asla kötü davranmamış, şiddet uygulamamış, kalp kırıcı sert bir söz bile söylememiş. "Kadınlar size Allah"ın emanetidir, onlara iyi davranın." diyerek erkeklere eşlerine iyi davranmalarını emretmiş.

Hatta sahabeden bir erkek şöyle demiş "Peygamberimiz zamanında eşlerimize çok iyi davranamaya başladık. Korktuk ki kadınlar hakkında ayet iner de biz erkekler mahvoluruz diye..."

– Biz bu söylediklerinizi duyarak büyümedik. Peygamberimiz duygularını göstermiş, biz duyguları göstermeyi zayıflık olarak öğrendik.

– Bir erkeğin eşiyle muhabbet ederken duygularını göstermesi erkek için bir güç kaybı ya da bir zayıflık değildir.

– Teşekkür ederim. Haklısınız zihinsel olarak adım atıyorum galiba. Haftaya görüşürüz.

YİRMİ SEKİZİNCİ ADIM

— *Kadın mantığını olduğu gibi kabullen.*
— Kadınların mantığı var mıydı?
— Ne demiş şair:
Çekemezsen gülün nazını,
Ne dikenine dokun, ne gülü incit.
Kadınlar ve erkekler yaratılıştan farklıdır. Daha doğrusu yaratılıştan birbirlerine zıttırlar. Bu zıtlıktır onları birbirlerine çeken. Bu zıtlıktır hayatı keyifli kılan. Birinde hangi yön ağırlıkta ise diğerinde o yön eksiktir. İkisi bir araya gelince eksikler tamamlanır ve gerçek bir bütünlük sağlanır.

— Kusura bakmayın, ben sizin de kadın olduğunuzu unuttum. Hakaret etmek için söylemedim. Ben kadın deyince aklıma ilk karım geldiği için onu düşünerek söylemiştim. Bazen o kadar mantıksız davranıyor ki.

— Kadınlar mantıksız değildir. Erkeklere mantıksız gelme sebebi, kadın mantığının erkek mantığı gibi matematiksel bir mantık olmamasından kaynaklanıyor. Kadın mantığı dörtlü karışımdan oluşur. Kadın mantığını oluşturan dörtlü "Duygu, hayal, his ve akıl"dır. Bu yüzden erkekler kadın mantığını anlamakta zorlanırlar. Çünkü erkek mantığı sadece akla dayanır. Bu yüzden senin gibi pek çok erkek, kadınları mantıksız bulur.

— Kadın mantığının kendi içinde bir mantığı var, diyorsunuz.

— Aynen öyle. Bu yüzden biz kadınlar birbirimizi anlamakta zorlanmayız. Anlayamayan erkeklerdir.

— Peki biz erkekler nasıl anlayacağız?

— Erkeklerin mantığı farklı olduğu için kadınları anlamaları pek mümkün değildir. Anlamak için gösterilecek çaba, erkeği

Muhabbet Olsun

de kadını da yorar. Bu durumda yapılacak tek şey, erkek kadını anlamaya çalışmasın, anlayışlı olsun yeter.

– Anlamak mümkün değil mi yani?

– Sahibini bilmediğim bir söz var aklımda. "Erkek aklı dağdaki patika gibidir, gelen geçen az olur. Kadın aklı on şeritli otoban gibidir. Hiç boş durmaz." Bu dörtlü karışımın bir dursa biri durmaz. Genellikle de hepsi bir çalışır. Kadın hisseder, hayal kurar, düşünür, duygulanır ve karar verir. Dörtlüler hep açıktır. Tabi mantığın içindeki bu dörtlülerin her birinin oranı, her kadında aynı değildir. Kimi kadında duygu, kiminde his, kiminde hayal, kiminde de akıl, diğer üçünden daha baskın çalışır.

– Bizim mantığımızda duygu yok mu?

– Erkeklerin duyguları, mantıklarının içinde değildir, bu yüzden duygularıyla mantıklarını karıştırmazlar. İkisi ayrı çalışır. Aşık olmadıkları sürece. Ancak o zaman kafaları karışır. Aslında o zaman da yine ikisini birbirine karıştırmazlar. Sadece bir süreliğine ters bir işleyiş olur ve duyguları mantıklarının önüne geçer. Aşık bir erkek, aşık bir kadından daha mantıksız davranır. Erkek sevdiğine kavuştuğunda, yani hayatın normal seyri başladığında yeniden eski haline döner.

– Benim aşık olduğum zamanki gibi. Dağları delmeye çalışmam başka nasıl açıklanabilir?

– Kadınların zaman kavramları da farklıdır. Zaman da matematiksel bir şey olduğu için, kadınlar vaktinde bir yere yetişmekte ya da vaktinde iş bitirmekte zorlanırlar.

– Ve dahi bir yere gidecekken vaktinde hazırlanmaları da pek mümkün değil. Karıma "sen kaçta hazır olacaksın, o saati söyle, ben ona göre geleyim" diyorum "tamam" diyor ve onu almak için eve gittiğimde yine hazır olmuyor, yine beni bekletiyor. Artık beni sinir etmek için kasıtlı yaptığını düşünüyorum.

– Kesinlikle kasıtlı yapmıyordur. Hatta vaktinde hazır olmak için çok da büyük bir gayret sarf ediyordur ama olmuyordur.

– Bunu anlayabileceğimi zannetmiyorum.

— Zaten anlaman gerekmiyor, sadece anlayışlı ol yeter. Kadınların zaman kavramı erkeklerden farklı, bütün mesele bu.

— Benim gördüğüm şu ki kadınlar zamanı canlarının istediği gibi kullanıyorlar. Mesela Şirin, ailesinin yanına memleketine gittiğinde onu bir gün aramazsam, öyle sitem ediyor ki zannedersiniz bir aydır onu aramıyorum. Oysa sadece bir gün, yani yirmi dört saat aramamışım.

— Bir düşünür şöyle demiş "Sevmek, kadın için tam günlük bir iştir; tıpkı bir erkeğin mesleği gibi." Bu yüzden o bir gün, ona bir ay gibi gelmiştir.

— Bir de şu "his" ya da "sezgi" denilen tamamen gerçek dışı şeyi hiç anlamıyorum. Mesela bir yere gideceğiz Şirin "Hissediyorum bugün gitmemiz iyi olmayacak, başka bir zaman gidelim." diyor. Gitmemek için hissi dışında elinde hiçbir delili yok. Kadın mantığının içinde his olduğu için belki de anlamakta zorlanıyoruz.

— Hisler önemlidir. Akıl görünenin önüne geçemez. Kadınlar pek çok şeyi hissederler. Eğer kadın vesvese ile hissi karıştırmıyorsa, hisleri genellikle doğru çıkar. Ayrıca kadınlar çok rüya görürler ve çoğu rüyaları çıkar. Manevi yönleri kuvvetlidir. Erkeklerin kadınlarda zayıflık diye gördüğü noktalar aslında kadınların güçlü yanlarıdır. Kadınları özel kılan, hayata renk katan da bu yönleridir. Bir düşünür şöyle demiş."Kadınsız yaşanmayacağı doğru değildir, sadece kadınsız yaşanmış olunmaz."

— Kısacası karımı anlamaktan ümidimi keseyim.

— Bir soru sorayım. Akşam eve dönerken yolda trafiğe takıldın bu arada cep telefonun şarjı bitti ve eve üç saat geç kaldın. Şirin ne yapar?

— Tek kelime ile çıldırıyor. Bu durumu kaç kez yaşadık. Bunu ona kaç kez anlatmaya çalıştım ama anlamıyor. Trafik oluyor, işten vaktinde çıkamıyorsun ya da bir arkadaşınla karşılaşıyorsun, bir yerde beş dakika oturalım derken, biraz zaman geçiyor. Bunlar hepsi olabilecek normal şeylerken Şirin geç kalınca aşırı tepki gösteriyor.

Muhabbet Olsun

— Şimdi bu duruma, bir kadın gözü ile bakalım. Erkek eve geç kaldı ve kadın kocasına ulaşıp haber alamıyorsa, kadının aklına olabilecek en kötü şeyler gelir. Kadın zihni çok çabuk senaryo yazar. Kadının önce aklına son günlerde gördüğü bütün rüyalar gelir, onları gözden geçirir, kötü haberin ip uçları vardı da anlamadım mı diye kendini sorgular. Sonra son günlerde içinin sıkıldığını hatırlar, işte bu olmalı diye düşünür, sonra hayalinde kocasının ölüm haberini alır, hastaneye gider, gezmelerini iptal eder, çocuklarına babalarının öldüğünü nasıl anlatacağını düşünür, cenazeyi kaldırır, derken kocası eve gelir.

— Haber veriyorum, geç kalacağım diye söylüyorum yine surat asıyor.

— O zaman daha iyimser düşünüyor, diyelim. Kocasının başka bir kadına gittiğini düşünebilir. O zaman da hayalinde kocasıyla o kadını basar, kadının yüzüne tükürür, saçını yolar, kocasına boşanma davası açar, hayatını sürdürmek için hangi işi yapabileceğini düşünürken kocası eve gelir.

— Bu söylediğiniz gerçekten iyimserdi! Ben eve geç kaldığım günler Şirin'in cep telefonumu kurcaladığını fark ediyorum. Anlıyorum ki şüpheleniyor.

— Senaryo kadından kadına değişir. Burada pek çok senaryo yazılabilir. Adamın aklına hiç böyle şeyler gelmez, sadece geç kalmıştır, hepsi bu kadardır. Karısının neden bu kadar kızdığını da bir türlü anlamaz. Kadın kendince kızmakta haklıdır çünkü o arada çok acılar yaşamıştır. Kocası eve dönene kadar yüreği ağzında bekleyerek zaman geçirmiştir.

— Ben Şirin'e "Benden haber yoksa hiç merak etme, bil ki iyiyim. Kötü haber tez ulaşır bir şey olursa önce seni ararlar." diyorum ama kabul etmiyor.

— Bu haftaki görüşmemizi bir düşünürün güzel bir sözü ile bitirelim.

— Erkek kadını çok sevmeli ama anlamaya çalışmamalı, kadın erkeği az sevmeli ama anlamaya çalışmalıdır.

YİRMİ DOKUZUNCU ADIM

— *Eşini fiziği ile ilgili konularda eleştirme.*

Her kadın, kocasının onu bütün diğer kadınlardan daha güzel görmesini ister. Gerçekte güzel olmasa bile, sevdiği adamın gözünde güzel olmak ister. Kocasının onu güzel olarak gördüğünü bilirse, çirkinse bile sevincinden güzelleşir.

— Peki tam tersi mümkün mü? Güzel bir kadın eleştirilirse, çirkinleşir mi?

— Kadınlar kendilerini çirkin hissetmeye başladıkları anda gerçekten çirkinleşirler. Güzel de olsa. Hele sevdiği adam tarafından beğenilmediğini bilen kadın, güzelleşeyim derken çirkinleşir.

Kadın bilir ki insana sevdiği güzel gelir. Kocası onu beğeniyorsa, seviyor diye algılar.

— Oysa beğenmekle sevmek aynı şey değildir.

— Erkek gözüyle öyle. Kadın mantığı karışımından başka şeyler çıkabilir.

— Şirin bu günlerde biraz kilo aldı. Zayıflamasını söylemek istiyorum ama cesaret edemiyorum.

— Direk zayıflamasını söylemen yanlış olur. Sağlık kılıfına uydurup bunu söyleyebilirsin. "Canım, ben seni her halinle seviyorum, böyle de çok güzelsin fakat sağlığın için zayıflaman lazım. Sana bir şey olursa ben sensiz yaşayamam." gibi bir şeyler söylersen ve ona destek olursan zayıflar. Yoksa "Çok şişmansın, zayıflaman lazım, artık bana çekici gelmiyorsun." gibi bir şey söylersen acilen bir on kilo daha alabilir. Çünkü kadınlar mutsuz olduklarında daha çok yemek yerler.

Muhabbet Olsun

— Biliyorum ne zaman bana kızsa, deliler gibi yemek yiyor.

— Zayıflaması için senin desteğin de önemli. Sen akşama çeşit çeşit yemek istersen, zayıflaması pek mümkün olmaz. Sen de akşam yemeğinde sade ve sağlıklı beslenmeyi tercih edersen ona zayıflamayı kolaylaştırırsın. Hem sen de daha sağlıklı olursun. Erkekler çok yedikleri halde kadınlar kadar kilo almıyor ama beslenmeye bağlı hastalıklara daha çok yakalanıyorlar.

— Evet bunun sıkıntısını bazen yaşıyorum.

— Bana göre Şirin pek kilolu sayılmaz. Türk kadın tipi balık etlidir. Karını Rus ya da Avrupalı kadınlarla kıyaslama. Hele televizyondaki mankenlerle dizi oyuncuları ile asla kıyaslama.

— Hayır onlarla kıyaslamıyorum, doğumdan önce incecikti, o kilosunu bir daha yakalayamadı.

— Bu dediğin her kadın için pek mümkün değil. Onu ancak medya dünyasında, vücudu göz önünde olan kadınlar, yüz çeşit metotla, dünya kadar masraf ederek başarabiliyorlar. Doğum yapmış bir kadının genç kız bedenine sahip olmasını bekleme.

— Yok tabi ki öyle olmasını beklemiyorum.

— Kadınların bu konuda eleştiriye tahammülleri olmadığı gibi fizikleri ile ilgili espri, iltifat görünümlü laf çakmalara da hiç tahammülleri yoktur.

— İltifat görünümlü laf çakma ne oluyor?

— Güzelsin de bir de boyun uzun olsaydı, çok güzel olurdun, göbeğin de olmasaydı mankenler yanında halt ederdi, gibi.

— Birini eleştirmeden önce iltifat et, derler ama.

— Çok doğru bir söz. Eleştiriden önce kişinin olumlu yönlerini sayıp takdir ettikten sonra, söyleyeceklerini söylemek hem nezaket gereğidir hem de en az hasarla eleştirmenin yoludur. Fakat bunu eşinin fiziği ile ilgili konularda asla yapma. İstediğin kadar güzel olduğunu söyle, o bir tek senin bulduğun kusura takılacaktır.

— Buna kesinlikle katılıyorum. Tecrübe ettim, sizin dediğiniz gibi oluyor.

— Bir de yaş konusu var. Bunu da fizikle ilgili değerlendirebiliriz. Yaş da fiziği etkilediği için kadınlar yaş konusunda da çok hassastır. Otuz yaşını geçmiş bir kadına yaşı ile ilgili espri bile yapmamak gerekir. Hatta arada bir, yirmi yaşında ancak gösterdiğini falan söylersen çok mutlu olur.

— Bu yalana girmiyor mu?

— İltifatlar yalan sayılmaz ve gereklidir. Karına iltifat edersen senin için daha çok şey yapacaktır.

— Fiziği ile ilgili konularda konuşmak tamamen yasak mı?

— Yaratılıştan sahip olup değiştirmesi mümkün olmayan boy uzunluğu, göz rengi, burnu gibi konularda asla söz söyleme. Bir de yaş ya da doğum sebebi ile olan deformasyonlarla ilgili hiç konuşma. İlkini düzeltmesi mümkün değil, diğerini düzeltmesi çok zor. Kafayı fiziğine takarsa mutsuz olur ve asık suratla güzel görünmesi zaten mümkün olmaz. En güzel kadın mutlu olan, gözlerinin içi gülen kadındır, sen bunun için karını mutlu etmeye bak.

— Biraz bakımlı olmasını söylemek de mi suç?

— Hayır, onu daha bakımlı görmek istiyorsan, evin içinde pejmürde kıyafetlerle dolaşıyorsa, saçını boyatmasını istiyorsan, kelimelerini iyi seçerek onları söyleyebilirsin tabi ki. Yeter ki mümkün olmayacak şeyler isteme. Fıkradaki gibi olmasın.

— Bu haftaki adımın sonuna geldik galiba.

— Evet, bir fıkra ile bitirelim.

Adam arkadaşına sormuş:

— Evlenmiyor musun?

— Şartlarımı tutarsa olur.

— Ne istiyorsun ki?

— Güzel olsun, akıllı olsun, dindar olsun, zengin olsun, kültürlü olsun, şefkatli olsun, ciddi olsun, itaatli olsun, bir de esprili olsun.

— Ama abi, demiş öteki, birden fazla evlilik yasak artık!

OTUZUNCU ADIM

– *Eşinin anneliğine söz söyleme.*

– Bu sözü Şirin'den de duyuyorum. Çocuklarla ilgili yapması gereken bir şeyi söylediğim zaman "anneliğime karışma" diyor. İyi de ben onun anneliğine karışmıyorum ki. Çocuklar ikimizin değil mi? Ben baba olarak çocukların iyiliği için, düşüncelerimi söylüyorum.

– Bir örnek ver, onun üzerinden konuşalım.

– Şirin fazla rahat bir anne. Evde bakıyorum çocuklarla ilgilenmeyi bırakıp, başka işlere dalmış. Oğlum daha küçük. Düşüyor kafasını oraya buraya çarpıyor, ben de üzülüyorum.

– Şirin'in gözü sürekli çocuğun üstünde olsun istiyorsun. Çocuk acıktığı anda karnı doysun, ağlamasın, üşümesin, düşmesin bunları bekliyorsun.

– Evet.

– Yalnız bu beklentilerin öncelikle çocuğunun ruh sağlığı için, pek de iyi şeyler değil. Çünkü üzerinde fazla titizlik çocuğa kötülük etmekten başka bir şey değil. Çocuğun üzerinde sürekli bir göz, üstünde hep bir el olursa çocuk anne babaya bağımlı, mız mız, korkak, hastalık hastası bir çocuk olur çıkar.

– Aman öyle olmasını hiç istemem.

– Ayrıca çocukla yeterince ve iyi ilgilenmediğini eşine söylemen, eşini kötü anne olmakla suçlaman demektir ve bu da bir kadını fazlasıyla incitir.

– Maksadım onu incitmek değil.

– İyi niyet her zaman yeterli olmuyor. Sözlerimizin açtığı yaraya bakmamız lazım. Bıçağı bizim hangi niyetle sapladığımız önemli değil. Açtığı yara önemlidir.

– Aslında düşündüğüm zaman, çocuk olana kadar Şirin'le pek fazla kavga etmiyorduk. Çocuktan sonra aramız çok bozuldu.

– Ailede mutluluk sebebi olması gereken çocuk, bazen eşlerin yanlış tutumları yüzünden mutsuzluk sebebi oluyor. Bu konuda ailelerde sorunlar yaşanıyor. Pek çok kadın da eşinin çocuklarla yeterince ilgilenmediğinden şikayetçi.

– Bazen Şirin de "Çocuklarla ilgilenmiyorsun." diye söyleniyor. Çocuklarımı çok seviyorum ama akşam eve yorgun geliyorum. Onlara pek zaman ayıramıyorum.

– Çocukların baba sevgisine ve ilgisine ihtiyaçları var. Bütün gün anne ile olan çocuklar, baba ile zaman geçirmek isterler. Ayrıca çocuklarla hep anne ilgilendiği için, erkeğin akşamları çocuklarıyla biraz zaman geçirmesi kadını rahatlatır. Erkek çocuklarla ilgilenmeyip bir de "Şunlara bak, biraz sustur, kafamı dinlemek istiyorum!" derse, kadın da o zaman kırılır. Ayrıca Şirin ne kadar ilgilenirse ilgilensin, babanın yerini dolduramaz.

– Ben öyle yapmıyorum, çocuklarımla ilgilenmeye çalışıyorum ama belki yeterince zaman ayıramıyorum. Benim ayıramadığım zamanı, Şirin telafi etsin, o çok ilgilensin istiyorum galiba. Çocukların istekleri yerine gelsin, mutlu olsunlar istiyorum.

– Çocuğunu sevmek demek, her istediğini yapmak, onu mutlu etmeye çalışıp şımartmak değildir. Anne babanın görevi çocuklarını mutlu etmek değildir, onları hayat yolculuğuna hazırlamaktır. Çocukların hayat yolunda karşılarına iyi kötü her şey çıkabilir. Çocukları küçük yaşlardan hayata hazırlamazsak, zorluk gördüklerinde yıkılırlar. Çocuk bu, düşe kalka büyüyecek. Düştüğünde kendi kalkmasını öğrenecek.

– Siz de Şirin gibi söylüyorsunuz.

Muhabbet Olsun

— Erkekler baba olarak ne kadar çocuklarını severlerse sevsinler annesi kadar düşünüp onun kadar sevemezler. Bu yüzden kadın, anneliğin en iyisini yapmaya çalışır. Fakat şunu da kabul etmek lazım ki; bazen kadın, fazla iyi niyeti yüzünden çocuk eğitiminde hata yapabilir. Senin eşinden beklediğini bazen anneler yapar. Çocuğun her istediğini yapmaya çalışır, çocuğu şımartırlar. O zaman babanın müdahalesi gerekir ama bu, kadını suçlayarak değil çocuk eğitimi ile ilgili birlikte araştırma yaparak, yardım alarak ve bilgi sahibi olunarak yapılabilir.

— Teşekkür ederim. Bu konuda daha dikkatli olmaya çalışacağım.

OTUZ BİRİNCİ ADIM

— *Eşinin yaptığı ev işlerini önemse.*

— Önemsiyorum ama kadınlar da pek abartıyorlar ev işlerini. Yaptıkları ne ki. Bir yemek yapıp ortalığı topluyorlar. Diğer işleri de makinelerle hallediyorlar.

— O kadar basit değil bu işler. Ev işleri yapılmadığında görünen, yapıldığında fark edilmeyen iki yüzlü işlerdir.

Her akşam işten eve gelen adam hanımına "Evde ne iş yapıyorsun ki, iki tabak yıkamakla iş yaptığını mı sanıyorsun?" gibi ifadelerde bulunurmuş. Bir gün hanımın canına tak etmiş bütün gün hiç iş yapmadan oturmuş; kitap okumuş, televizyon seyretmiş.

Kocası akşam eve gelince bakmış ki ortalık savaş alanı gibi; yataklar düzelmemiş, yemek yapılmamış, ev toplanmamış, pijamalar ortada vs..

— Bu evin hali ne? diye sormuş

— Hani sen bana akşama kadar evde ne iş yapıyorsun deyip duruyordun ya işte ben de ne iş yaptığımı gör diye elimi işe sürmedim, demiş.

— Erkekler ailenin geçimini temin için, dışarıda çalışıp yoruluyorlar.

— Kadınlar da evde akşama kadar boş durmuyorlar. Ev işleri zannettiğin gibi basit işler değil. Temizlik, çamaşır, ütü, yemek dışarıdan bakınca kolay görünüyor. Hele çocuklar ve onların bitmek bilmeyen isteklerine, işlerine yetişmeye çalışmak da hiç kolay değil. En basit gibi görünen yemek yapmak bile insanın birkaç saat zamanını alıyor. Bu işlerin bir para getirisi olmaması, yapılan işlerin değersiz olduğunu göstermez. Velhasıl iki taraf da yoruluyor.

Muhabbet Olsun

— Yine de kadınlar erkekler kadar yorulmuyorlar.

— Tamam kadın her gün çok yorulmaz; ama erkekten çok daha fazla yorulduğu günler de çok olur. Bazen işler üst üste gelir. Kadın bazen akşama kadar on çeşit işi, bir arada yapmaya çalışır. Pek çok küçük işi peş peşe yapılınca, büyük bir iş kadar insanı yorar.

— Böyle bakınca haklısınız.

— İlk hafta verdiğim örnek üzerinden konuşalım. Akşam kapıdan evine giren erkek "sizi beslemek için bütün gün çırpındım, yoruldum, dinlenmeyi hak ettim" diye afra tafra ederse bütün gün her daim başka bir yöne dönmeye, yetişmeye çalışarak yorulan boyna "Bütün gün ne yapıyorsun ancak sallanıyorsun!" diyerek kuyruk muamelesi yapmaya çalışırsa, erkek kadına çok ayıp etmiş olur.

— O kadar da değil, kuyruk muamelesi de yapmıyoruz yani.

— Yemeğini yediğinde "ellerine sağlık canım" demezsen, yaptığı işler için teşekkür etmezsen, bir şey isterken emrederek istersen, hem ev işlerini önemsemeyip hem de evde yapılmayan işlerin hesabını sorup durursan, gayet de açık, kuyruk muamelesi yapmış olursun.

— Kadınlar da bu teşekkür işini çok abartıyorlar. Şirin bir bardak çay getirse, gözümün içine bakıyor teşekkür edeyim diye.

— Erkekler de teşekkür konusunda pek cimriler. Ağzından çıkacak olan iki kelime. Karını mutlu edecek, sana seve seve hizmet etmesini sağlayacak, yorgunluğunu unutturacak, iki sihirli kelime. Bir zahmet söyleyiver.

— Neden bilmiyorum ama zor geliyor teşekkür etmek.

— Kadınlar ev işi yaparken yorulur ama kadını esas yoran şey, kocasının işleri önemseyen tutumudur. Yaptığı işler önemsenmeyen kadına, işler yük gibi gelmeye başlar. Normalde iş yaparken bir yoruluyorsa, artık yüz kat yorulur. Hele bir de dışarıda çalışan bir kadınsa yorgunluğu kat kat artar.

— Biz de uzun zamandan beri, evde bu konuyu konuşuyoruz. Şirin, çalışmayı düşünüyor, ben de çalışmasını istiyorum. O da aile bütçesine katkıda bulunsun ama zaten aramız pek iyi değil, daha kötü olur mu diye de tereddüt ediyorum.

— Ona destek olmayı düşünüyorsan, akşam ev işlerinde yardımcı olacaksan çalışsın. Çalışmaya başladığını düşünelim. İkiniz de yorgun, akşam aynı saatlerde eve gireceksiniz. Sen uzanıp televizyon izlerken o yemek hazırlayıp, sofra kuracak, toplayacak, çocuklarla ilgilenecek, bulaşıkları ortadan kaldıracak, çay kahve yapacak, meyve getirecek, çocukların derslerine yardımcı olmaya çalışacak, onların dertlerini dinleyecek, sonra çocukları yatıracak, bir yandan da telefonla kendi ailesine, senin ailene ve arkadaşlarına yetişmeye onlarla da ilgilenmeye çalışacak, bu arada da ertesi gün akşam yemeğini planlayacak, çamaşırları makineye atacak, ütü yapacak.

— Tamam yeter. Dinlemek bile beni yordu.

— Kadın çalıştığında aileye yansıması nedir, ona bakalım. Kendi yorgun yorgun mutfağa giren bir yandan ev işlerine koşturan kadın, içerde dinlenen kocasına karşı kızgınlık duyuyor. Bu kızgınlık ev içinde sürekli bir gerginlik ortamı oluşturuyor. Kadın sürekli "Ben de çalışıyorum, onun kadar yoruluyorum ama eve girince o yatıp televizyon izliyor, bana yardım etmiyor, çok düşüncesiz!" diye kocasına sinir olup duruyor. Bu da bitmeyen tartışmalarla birlikte, aralarındaki sevgiyi bitiriyor. Sonrasında da evlilik bitebiliyor. Ya da ömür boyu birbirlerini hırpalayarak hayatlarını geçiriyorlar.

— En iyisi kadının çalışmaması o zaman.

— Çalışıyorsa erkeğin akşam gelince eşine yardımcı olması gerekir. Huzurlu bir aile hayatı olsun istiyorsa tabi.

— Ev işi yapmayı sevmiyorum. Ev işleri fıtratımıza yani genetik kodlarımıza uygun değil. Ev işlerine elim yakışmıyor, yaptığım zaman da karım gibi inceliklerine dikkat ederek yapamıyorum. Dağıtıyorum, kırıyorum, döküyorum güzel olmuyor.

Muhabbet Olsun

– Erkekler ve kadınlar aynı işi farklı tarzlarda yaparlar ama sonuçta erkek isterse yapabilir.

– Ters geliyor bir de. Ev işi yapan bir baba görerek büyümedim. Ev işlerini annem yapardı. Babam işten gelir dinlenir, annem ona hizmet eder. Geleneksel kültürümüz böyle. Ben de karımdan aynı şeyleri bekliyorum.

– Yorgun aslan, evde ceylanına nazlanmak istiyor. Fakat ceylan da yorgun olunca, işler ters gidiyor. Hem dışarıda hem evde çalışmak kadını fazlasıyla yoruyor. Bu kadar yorulan ceylanın, şen şakrak hayat dolu olmasını, bir de aslanına hizmet etmesini beklemek ancak masallarda olabilir.

– Şirin çalışacaksa ev işlerine mutlaka yardım etmem gerekiyor diyorsunuz?

– Evet. Karısı çalışan erkeklerin kendilerini biraz zorlayıp, eşlerine yardım etmeleri gerekiyor. Salata yapmak, çay demlemek, sofra kurulurken ve toplanırken yardım etmek. Hemen her erkeğin rahatlıkla yapabileceği işler bunlar. Ev işi, erkekliğe zarar getirmez. Zaten erkek ne kadar yardım ederse etsin, esas işleri yine karısı yapacak ama erkek yardım ederek, hayat arkadaşının yorgunluğunu azaltacak ve seni önemsiyorum mesajı verecek. Kadın "eşim beni düşünüyor" diye sevinecek, kızgınlık duymayacak, sevgisini tüketmeyecek. Hele erkek bu arada birkaç tatlı sözle eşinin gönlünü de okşarsa kadın enerji yüklenecek ve daha dinç olacaktır.

– Bu konuyu yeniden düşüneceğim.

– Bu haftayı da bir fıkra ile bağlayalım.

"Karısına yardım etmeyen bir adam, bir gün bir makaleden etkilenip yardım etmeye karar verir. Karısı işten gelmeden evi toplar, yemek yapar, karısı gelince ona iş yaptırmaz sofrayı kurar sonra kaldırır, bulaşığı yıkar, çocukların ödevine yardım eder. Karısı yatakta heyecanla onu bekler ama adam yorgunluktan uyur kalır."

İkisinin de yorgunluktan erkenden uyuyup kalmaması için, işleri paylaşmaları gerekiyor, gibi görünüyor.

OTUZ İKİNCİ ADIM

Kadın dili "Bükçe"yi öğren.

— Kadın dili mi? Kadınların mantığından sonra dilleri de farklı demeyin.

— Evet kadınların konuşma dilleri erkeklerden farklıdır. Ben bu dile bir isim buldum. Adı "Bükçe". Bu konuda bir de hikâye yazdım. Eşimle Tanışmayı Unutmuşuz" kitabımdan hikâyeyi oku, bu dili mutlaka öğren.

— Bükçe, Türkçe'nin bükülmüş, değişmiş hali galiba.

— Evet öyle de diyebiliriz. "Bükçe", erkek dili "Netçe" gibi açık bir dil değildir. Kadınlar reddedilme ve kırılma korkuları yüzünden pek açık konuşmazlar. İpucu verirler ve bulmacayı çözmeni beklerler.

— Kadınlar gerçekten de bulmaca gibi konuşuyorlar. İş yerindeki kadınları da anlamıyorum ben. Dikkat ettim kadınlar ancak patlayıp ağlarlarsa net oluyorlar. O zaman bir saymaya başlıyorlar, meğer ne çok şeyi anlamamışım o zaman fark ediyorum.

— Bükçe; ima ve mesaj dilidir. Dilin kurallarını öğrenirsen anlaman kolaylaşır.

— Siz de kadınsınız, sizi kırmadan nasıl söyleyeceğimi bilmiyorum ama kadınlar çok konuşuyor bu da mı "Bükçe" nin özelliği.

— Evet. Bükçe bol kelimeli bir dildir. Çünkü kadınların beyninin her iki tarafında da konuşma merkezi vardır, bu yüzden kadınların konuşma ihtiyacı, erkeklerden çok daha fazladır.

— Erkeklerde konuşma merkezi sadece bir tarafta mı var o zaman?

– Evet. Erkeklerin konuşma merkezleri beynin sol tarafında. Beynin sol tarafından ağır darbe alan erkekler ömür boyu konuşma yeteneğini kaybederken, iki tarafında konuşma merkezi bulunduğu için kadınlar canı çıkmadıkça, konuşma yeteneklerini kaybetmiyorlar.

– Onlar konuşunca da bizim canımız çıkıyor.

– Kadınlar mutsuzken daha çok konuşur, her şeye bahane bulurlar. Karını mutlu etmeye bak.

– Kadınları mutlu etmek zor.

– Hayır, tam tersi çok kolay. Yeter ki kadın ruhundan biraz anla. Ona her gün biraz zaman ayır. Bir yarım saat de olsa, bütün işini gücünü bırak, onu dinle. Kadınlar konuşarak deşarj olurlar, konuşamazlarsa patlarlar.

– Her konuştuğunuzda bir şey ima etmeye ya da mesaj vermeye çalışmıyorsunuz değil mi? Böyle bir şey biz erkeler için korkunç olur.

– Tabi ki hayır. Sadece gerekli zamanlarda, özellikle istek ve beklentilerimizi anlatmak için ima dilini kullanırız. Normal konuşmalarımızda, hikâye dilini kullanırız. Günlük yaşadıklarımızı hikâye havasında anlatmayı severiz. Çok konuşma isteğimizin altında paylaşma ihtiyacı çoktur. Kadınlar çoğu zaman yakınlık ihtiyacından dolayı, yaşadıklarını paylaşırlar.

– Şirin, bana çok soru soruyor ve ben bundan hoşlanmıyorum. Ben bunu karımın huyu zannediyordum ama dikkat ediyorum etrafımdaki kadınların hepsi çok soru soruyor. Kadınlar neden çok soru sorarlar, bunun kadın dilinde bir anlamı var mı?

– Var. Kadınlar genellikle ilgilerini göstermek için ya da konuşma başlatmak için soru sorarlar. Pek çok kadın birbiriyle, soru sorarak tanışmış, arkadaş olmuştur. Kadının soru sorması "seninle ilgileniyorum, seni önemsiyorum" demektir.

– Ben de karım bana soru sorunca sinirleniyorum, beni hesaba çektiğini ya da işlerime karışmak için fırsat kolladığını düşünüyorum.

– O sana bir soru sorduğunda, sen kısa bir cevap ver, sonra sen de ona bir soru sor. Onunla ilgilendiğini düşünüp sevinecek, maksat hasıl olduğu için de kendi sorularını bırakıp senin soruna cevap vererek konuşmaya başlayacaktır.

– Tamam bunu deneyeceğim.

– Kadınlar dünyaya annelikle donanımlı geldikleri için nasihat etmeyi, akıl vermeyi de severler. Erkekler kadınlardan nasihat dinlemekten nefret ederler ve kadınlar nasihate başlayınca, erkekler tepki gösterir ve kırıcı olurlar. Oysa kadınlar çoğu zaman nasihat ettiğinin farkında bile olmazlar, bunu konuşurken bilinçsizce yaparlar. Bu yüzden karın nasihat etmeye başlarsa sinirlenmek yerine, tam aksini yap, ona iltifat et.

– Şaka yapıyorsunuz. O karşımda hoca edasıyla bana öğüt vermeye çalışırken, ben ona iltifat mı edeceğim!

– Evet. Ona hoş bir iltifat et. Mesela çok güzel olduğunu, gözlerinin içinin parladığını, çok etkileyici baktığını, gülümsemenin ona çok yakıştığını ve onun kadar güzel gülen bir kadın daha görmediğini, her geçen yılla birlikte daha da güzelleştiğini, o akşam yaptığı yemeğin nefis olduğunu hâlâ tadının damağında olduğu, üzerindeki kıyafetin ona çok yakıştığını falan işte bir şey söyle. O güne uygun, onun hoşuna gidecek bir şey bul. Anında nasihat vermeyi unutacak, farkında olmadan girdiği annelik tavrından çıkıp, kadın havasına girecektir.

– Sonuç öyle olacaksa yapmaya gayret ederim tabi. Onunla tartışmayı ben de istemiyorum ama beni eleştirmesine, öğüt vererek düzeltmeye çalışmasına da dayanamıyorum. Madem farkında olmadan yapıyor, o zaman ben de birkaç tatlı sözle ona annem değil de kadınım olduğunu hatırlatırım.

– Bu haftaki muhabbet adımımız Bükçeydi. Anlatmak benden, adım atmak senden. Bükçe ile ilgili sormak istediğin bir şey var mı?

– Evet. Şirin ikide bir "Beni artık sevmiyorsun" deyip duruyor. Bunun "Bükçe"de anlamı nedir?

Muhabbet Olsun

– "Sevgine çok ihtiyacım var!" demektir. Sevildiğini hissetmek ve duymak istiyor. Ama açıkça "Beni sev, sana ihtiyacım var." diyemiyor. Tabi "beni sevmiyorsun" derken senden de kuru kuru "Seviyorum tabi bunu da nerden çıkarttın" demeni beklemiyor. Onu kucaklamanı, gözlerinin içine bakmanı "Sen benim biricik aşkımsın, seni çok seviyorum." gibi candan bir cümle kurmanı, ona sarılmanı bekliyordur.

– Bunu yapmayalı çok uzun bir zaman oldu.

– En kısa zamanda yapmalısın.

– Yeni evliyken onu sevdiğimi çok söylerdim ama zamanla araya tartışmalar kırgınlıklar girdikçe söylemez olmuştum; ama artık söyleyeceğim.

– Bu dili çözmenin en kısa yolu, sevdiğini kalbinle dinlemendir. Kadınların eşlerine Bükçe'yi kullanmalarının altındaki sebep; anlayış, sevgi ve yakınlık ihtiyacıdır. Konuyu bir kitaptan not aldığım küçük bir hikâye ile bitireyim.

Evliliğinde sorunlar yaşayan adam, evini terk ederek annesinin evine gelmiş.

Annesi ona öğüt vermiş:

"Git eşinin söylediklerini dinle." demiş.

Adam evine dönmüş. Eşinin söylediklerini dinlemiş, yeniden annesini evine gelmiş. Annesi yeniden öğüt vermiş.

"Şimdi evine git ve eşinin sana söyleyemediği her sözcüğü dinle. Çünkü sevgiye ulaşan yolun anahtarı sevdiğini kulaklarınla değil kalbinle dinlemektir."

OTUZ ÜÇÜNCÜ ADIM

– *Mutluluğu eşinde ara.*

– Gözün karından başkasını görmesin, diyorsunuz yani.

– Konuya bir Nasreddin Hoca fıkrası ile başlamak istiyorum. Nasreddin Hocanın, büyük boynuzlu, koca bir öküzü varmış. Karısına demiş ki:

"Ah hatun, şu öküzün iki boynuzunun arasına otursam da dolansam ne kadar keyifli olurdu."

Bir gün öküzün yere eğilmesini fırsat bilen hoca, öküzün iki boynuzunun arasına oturuvermiş. Ama öküz hemen kalkıp hocayı yere vurmuş. Hocanın aklı başından gitmiş. Bir süre sonra kendine gelip, gözünü açıp bakmış ki karısı başında oturmuş ağlıyor.

– Ağlama hatun, çok zahmet çektim ama hevesimi aldım, demiş.

– Kıssadan hisseyi anladım.

– Bazı heveslerin sonu felaketle de sonuçlanabilir. Herkes her şeyden hevesini almaya kalkarsa dünya yaşanmaz olur. Hoca yine ucuz kurtulmuş. Bu bir öküz değil de kadın meselesi olsaydı bu kadar ucuz kurtulamazdı.

– Bu konuya bir heves olarak mı bakıyorsunuz?

– Çoğu zaman öyle değil mi? Günümüzde herkes yapıyor ben niye geri kalayım, arkadaşlara anlatacak hikayem olsun gibi bir hevesle eşini aldatan erkekler olduğunu duyuyoruz. Bunlar erkeklerin itirafı.

– Aşk olamaz mı?

– Aşk olabilir tabi. Ama aşktan çok, tuzaklar var. Eskiden evin dışı kadınlar için tehlikeliymiş ama günümüzde erkekler için daha da tehlikeli. Erkeklerin dikkatli olması lazım. Hani çocuklar evden yalnız başlarına bir yere gidecekleri zaman tembih edilir ya "Şeker veren olursa, seni annen bir yerde bekliyor diye söyleyen olursa sakın kanma!" denir ya, artık erkekleri de "Her gülüşe, her bakışa aldanma, sahtesi çok, evin dışında başka yerlerde kimseyle bir şey yeme zehirlenirsin, güzele bakıp kanma, kimsenin verdiği gazozu içme" gibi sabah tembihle göndermek gerekiyor sanki.

Ferhat epeyce güldü bu esprime.

– Bence ciddiye al. Erkekler için tehlike her tarafta kol geziyor. Arkadaşım anlattı. Minibüste on yedi, on sekiz yaşlarında iki genç kız oturmuşlar konuşuyorlarmış. Kızlardan biri şöyle diyormuş: "Ay ne uğraşacağım bekar erkekle, her şeyi sorun. Bulacaksın parası çok, evli bir adam, üç gün sonra attıracaksın karısını, konacaksın hazıra. Ev hazır, iş var, para var. Atarsın önceki eşyaları, dayar döşersin evin içini keyfine bakarsın. Ayrıca adamla yaş farkın olursa daha iyi olur, karşında mum olur. Çekilmez bekar erkeğin nazı bu devirde."

– Korkunç bir şey bu. Gencecik kızların hayallerine bakın.

– Kim bilir kaç erkek bu tuzaklara düşüyor? Bir genç kız kendine ilgi gösterince, aklı başından gidiyor, sevindirik oluyor fakat aklı başına geldiğinde artık çok geç oluyor. Ailesi dağılmış oluyor, yeni eşi ile de mutlu olamıyor, eski eşine dönemiyor.

– Ailesi dağılmasa bile aldatıldığını duyan karısı ile arası bozuluyor.

– Kadınların en affedemedikleri konudur aldatılmak. Kadın ya ayrılır ya da evliliğine devam eder ama eşini affetmez. Eş ve çocuklar hevesler için risk edilmeyecek kadar değerlidir. Erkek öncelikle eşiyle mutlu olmak için uğraşmalı. Başka kadına göstereceği ilgiyi özeni, kendi karısına gösterse, büyük ihtimalle onunla da mutlu olacaktır. Erkek başka bir kadına dökeceği dilleri, alacağı hediyeleri, çekeceği mesajları kendi karısına yapsa, karısı etrafında pervane olur.

– İşin kötüsü söylediğim gibi dışarısı çok cazip. Kadın konusu biz erkeklerin en zayıf olduğu konu. Evin dışında, sokakta, iş yerlerinde, bakımlı ve çekici kadınlar aklımızı karıştırıyor. Açıkçası ben karımdan görmediğim ilgi ve alakayı dışarıda çok rahat görüyorum. Kadınların da evde eşlerine cazip görünmek için gayret etmeleri gerekmiyor mu?

– Haklısın ama o kadının atacağı adım. Bunları Şirin'le konuştuk. Onun bütün adımları birden atmasını beklememek lazım; ama ben onun zamanla öğrendiklerinin hepsini yapacağına, adımları tamamlayacağına inanıyorum. Şimdi biz senin adımlarını konuşuyoruz. Sen kendini tehlikeden nasıl koruyorsun, onu konuşalım.

– Ben kendime bir formül buldum. Arkadaşlarımın başına gelenlerden ders aldım. Hiç yaklaşmıyorum. Arkadaşlarımın ilişkileri, "Bir kahve içmekle ne olacak, sadece bir yemek yiyeceğiz, devamını düşünmüyorum." gibi küçük adımlarla başladı. Eskiden bir kahve içmenin kırk yıl hatır olurmuş, şimdi bir kahvenin, kırk ton derdi oluyor.

– Kendilerini kaptırıp gidiyorlar değil mi? Kadın ve erkek ateşle barut gibidir, her an alev alabilir. Tehlikeli durumları, aslında iki tarafta, başlangıçta hissederler ama ya kendilerini kontrol edebileceklerini düşünürler ya da kendilerini kandırırlar. En iyisi hiç yaklaşmamak. Duyguları zapt etmek çok zor çünkü. Bir süre sonra durum kontrolden çıkar.

– Çok haklısınız. Size yüzde yüz katılıyorum.

– Bu haftalık da bu kadar.

OTUZ DÖRDÜNCÜ ADIM

— *2+1 formülünü her gün uygula.*

— Böyle bir formül bilmiyorum desem ayıp mı olur?
— İki tatlı söz ve bir güzel bakış. Sabah ve akşam.
— İlaç formülüne benziyor. Aç tok fark eder mi?
— Fark etmez. İstiyorsan ilaç formülü diyebilirsin. Mutluluk ilacı.
— İki tatlı sözü anladım da güzel bakış ne oluyor?
— Sıradan dümdüz bir bakış değil, sevgi ve beğeni dolu, hafif çapkınca özel bir bakış.
— Tav bakışı yani.
— Kadınlar güzel söze de hemen tav olurlar. Güzel söze, bir de güzel bir bakış eklenirse, formül tamam olur.
— Söylemek kolay da, yapmak o kadar kolay değil. Her gün ona söyleyecek iki tatlı sözü nerden bulacağım peki?
— Kendin üretebilirsin, şiir, şarkı sözleri gibi hazır tatlılardan faydalanabilirsin, başkasına ait güzel bir sözü ezberleyebilirsin. Sen yeter ki söylediğini onun gözlerine bakarak, içinden gelerek söyle. Zor bir şey değil. Her gün şiir oku demiyorum tabi. Eşinin hoşuna giden güzel bir hitap cümlesi bile onun için iltifattır. "Seni seviyorum" sözü kadın için en tatlı sözdür. "Bu gün çok güzel görünüyorsun" gibi sıradan görünen ama etkisi büyük iltifat cümleleri de olur. Mesela, bir adam karısına "nane şekerim" diye seslenirmiş. "Senin sesini duyunca, nane şekeri yemişim gibi içim ferahlıyor" dermiş.
— Güzelmiş.

– Her erkek, şairin "Seni düşünürken bir çakıl taşı ısınır içimde" cümlesi gibi bir cümle kuramaz belki; ama en azından kuranlardan faydalanabilir.

– Evliliğimizin ilk yıllarında Şirin için şiir yazardım, çok mutlu olurdu.

– Kadınlar şiirleri severler. Hele kendi için özel yazılmışsa tabi ki çok hoşuna gider; ama sevgiyi güzel anlatan şiirlerden ezberleyip okusan yine çok hoşuna gider. Onu kırdığın zaman barışmak için özür babında şiir okuyabilirsin. Ya da üzüldüğünde mutlu etmek için.

– Eminim çok hoşuna gider.

– Kendi aranızda şifreli sözleriniz olsun. Çocuklarınızın yanında söyleseniz de onların anlamayacağı, sevginizi anlatan bir kelime bile olabilir.

Güzel bir aşk şarkınız olsun. Birlikte dinlemekten hoşlandığınız. Bunlar küçük gibi görünen şeyler; ama etkisi kesinlikle büyüktür. Güzel sözler, kadınların sevgi deposunun yakıtıdır.

Erkekler, kadınların hoşuna gidecek şeyi söylerse, kadınlar da erkeklerin hoşuna gidecek şeyi yapıyorlar. Söylemişler gelenler bizden evvel, kulak aşık olurmuş gözden evvel. Sevgiyi besleyen, yaşatan, kulaktan kalbe giden güzel sözlerdir.

– 2+1 kalbi besler diyorsunuz.

– Evet. Konuyu küçük bir hikâye ile bitirelim.

Adam evine kör kütük sarhoş geliyor. Eşyalara çarpıyor, ortalığı dağıtıyor, bütün bunların üstüne bir de kusuyor. Karısı adamın üstünü başını değiştiriyor, yatırıyor. Sonra gülümseyerek ortalığı topluyor. Çocuklar annelerinin haline şaşırıyorlar. Çünkü böyle durumlarda annesi ağlayarak, söylenerek ortalığı toplarken o akşam pek mutlu bir yüzle topluyor. Çocukları:

– Anne ne oldu? diye soruyorlar.

Kadın mutlu mutlu sırıtarak:

Muhabbet Olsun

– Babanız ben kıyafetlerini değiştirirken, beni yabancı bir kadın sandı. "Gidin! Bana elinizi sürmeyin, benim evde karım var, hem de çok güzel bir kadın!" dedi, demiş.

Sarhoş adamın iltifatı bile, kadın için çok değerli oluyor. Bir de aklı başında bir şekilde eşine tatlı bir bakışla yapılacak iltifat, kadın için erkeğin tahmin edemeyeceği kadar çok değerlidir.

– Sihirli bir formüle benziyor. Denemek lazım.

👣 OTUZ BEŞİNCİ ADIM

– *Eşinle ilgilen.*

"Yirmi dört makamda, şarkı çalan çalgıcıya
Dinleyen yoksa, çalgısı yük olur.
Aklına ne yanık bir nağme gelir,
Ne de on parmağını çağlı çalarken oynatası gelir." diyor Mevlana.

– Mesaj alınmıştır. Kadın kocasından ilgi görmezse, hiçbir maharetini ortaya dökmez, diyorsunuz.

– Kadınlar için ilgi, sevgi demektir. O senin hayat arkadaşın ve ilgini en çok hak eden kişi. Kadınların evlenme sebebi bir erkeğin sevgisine olan ihtiyaçlarındandır, yoksa babalarının evinde aç kaldıkları için değil. Bir erkek kadının karnını ne kadar doyurursa doyursun, sevgiden mahrum bırakıyorsa, aç bırakıyor demektir.

– Şirin bu dediklerinize duygusal şiddet diyor.

– Evet bence de duygusal şiddet denilebilir. Şiddet deyince akla genellikle dayak gelir ama kadın psikolojisi göz önüne alındığında, bir erkeğin kadını ihmal etmesi daha ağır bir şiddettir. Duygusal şiddet, kadın ruhunu yaralar; fiziksel şiddet ise bedenini. Kadın için ruhunun yaralanması daha ağırdır.

– Kadınlar "Benimle ilgilenmiyorsun!" derken aslında tam olarak ne demek istiyorlar?

– Bana zaman ayır, demek istiyor. Kadınların konuşma ve paylaşma ihtiyacı çoktur. Bir erkek her akşam karısına kısa da olsa özel zaman ayırmalı, onu dinlemeli, onunla ilgilenmelidir.

Muhabbet Olsun

İnsanlar "televizyon" denilen "aile düşmanı" sayesinde harala gürele yaşayıp gidiyorlar.

Erkek işten geliyor, yemeğini yiyor, biraz habere bakayım memlekette ne olmuş, diye açtığı televizyonun karşısında saatlerce kalıyor. Haberler bitiyor, spor haberleri, haber programları başlıyor. Bu arada babasının ilgisine ihtiyacı olan çocuklara "gürültü yapmayın" diye kızıyor. Çay ve meyve getiren karısının yüzüne bile bakmıyor. Onunla sohbet etmeye çalışan karısına, gözünü televizyondan ayırmadan kısa kısa cevaplar veriyor. Kadın da bakıyor bir muhabbet yok diğer odaya gidip dizi film izliyor.

— Benim televizyonla pek aram yok. Akşamları biraz internete takılıyorum.

— İnternet de ayrı bir bela. O da zaman hırsızı, muhabbet düşmanı. İnternete takılan, gece yarılarına kadar bilgisayarın başından kalkamıyor. Kocası internetin başında hiç tanımadığı insanlarla oyun oynarken ya da sanal muhabbetlerde eşine söylemediği bir çift güzel sözü yabancı kadınlara söylerken, kadın boş yatağın bir ucuna kıvrılıp uyumaya çalışıyor.

Bu durumda kadın iki kişilik yalnızlığı yaşıyor. İki tatlı söze hasret, saçlarının okşanmasına, sevgi dolu bir sarılmaya, gülüşerek kocasıyla sohbet etmeye hasret, hayata küsüyor, asık suratlı bir şey olup çıkıyor.

— Böyle söylemeyin, çok acıklı bir tablo çizdiniz. İnsan koca olarak kendini kötü hissediyor.

— Yaşananlar böyle, ben sadece söze döküyorum. Kadınlar için ilgi, sevgi demektir, zaman ayırmak demektir, şefkat demektir.

— Şefkat deyince benim aklıma sadece çocuklar geliyor.

— Kadındaki şefkat ihtiyacı anne olması ile bağlantılıdır. Kadınlar kadınlığın yanında annelikle programlı olarak yaratıldığı için şefkat yüklüdürler. Kadınlar sevgilerini şefkatleri ile birlikte gösterirler. Bu yüzden kadın, erkekten şefkat gördüğü zaman, sevildiğine daha çok inanır.

— Nasıl şefkat göstermem gerekiyor?

— Şefkat, düşünmek demektir. Kadın için düşünmek ve düşünülmek çok önemlidir. Seven sevdiğini düşünür. Kadınlar annelerini düşünürler, çocuklarını düşünürler, kocalarını düşünürler, düşünmek kadının doğasında vardır. Çoğu zaman onlar için kendi isteklerinden vazgeçerler. Mesela bir kadın her gün yemek yaparken kendi sevdiği yemeği yapmaktan çok kocasının ya da çocuklarının sevdiği yemeği yapmayı tercih eder. Eşi hasta olduğunda özenli bir şekilde eşi ile ilgilenir. Şair ve düşünür Arif Nihat Asya:

"Düşünüyorum öyleyse varım!" sözünü hatalı bulduğunu söyler.

Doğrusu "Düşünülüyorum, öyleyse varım!" der.

Kadın eşinin gözünde var olduğunu ve değerli olduğunu eşi onu düşündüğünde daha iyi hisseder.

— Geçenlerde Şirin hasta olmuştu, ben de ona çay yapıp götürdüm, çok sevindi.

— Eminim çok mutlu olmuştur. Zaten kadın doğum yaptığında ya da hasta olduğunda kocasının şefkatine her zamankinden daha çok ihtiyaç duyar. Kadınların çoğunun doğumla ilgili anıları biraz hüzünlüdür. "Kocam doğumdan sonra çocuğu kucağına aldı benimle hiç ilgilenmedi." derler.

— Kadınlar çocuklarını kıskanıyor o zaman.

— Dışarıdan bakınca öyle gibi duruyor ama durum kadın için farklı. Doğum sıradan bir olay değildir. Kadın, dokuz ay zahmet çekmiş ve doğumla da büyük bir zorluk atlatmıştır, bunun için de ister ki kocası çocuktan önce kendisiyle ilgilensin. Şefkat göstersin, canının istediği bir şey varsa, sorsun alsın getirsin. "En önemlisi senin sağlığın." desin.

Muhabbet Olsun

Bekarken çapkınlığı ile tanınan, şimdi evli olan ünlü bir erkek, televizyonda baba olmasını şöyle anlattı. "Baba olmak tabi güzel bir duygu ama doğumdan sonra hemşireler çocuğu bana getirilerken, ben çocuktan önce eşimi merak ettim. "Annesi nasıl diye onu sordum." dedi. Onu dinlerken benim aklıma ilk gelen şey şu oldu. "Demek ki karısını gerçekten seviyor, bu evlilik uzun yıllar gider." Genelde kadınların bakış açısı böyledir. Düşünmek sevgi demektir.

– Ben Şirin'in doğumlarında onunla pek ilgilenmedim doğrusu. Başka çocuk da düşünmüyoruz, şimdi nasıl telefi edeceğim bu durumu?

– Hasta olduğunda ilgilenerek telefi edebilirsin. Hasta dediysem ağır hasta olmasını bekleme. Grip olduğunda, başı ağrıdığında ya da çok yorulduğunda yiyecek bir şeyler hazırlaman ya da hazır yemek getirmen, ona bir bardak çay ikram etmen, bir kanepede uyudu kaldıysa üstünü örtmen, üzgünken sarılıp teselli etmen, onun ihtiyacı olduğu için kendi istediğin bir şeyden vazgeçmen, kendin sevmesen de onun sevdiği bir yiyeceği alman "senin için aldım" demen... Bunlar kadınlar için çok önemli ve değerli davranışlardır.

Çocuklara "Aşk nedir?" diye sormuşlar, bir tanesi "Aşk, birlikte yemeğe gittiğimiz zaman sevgilimizin kendi kızarmış patateslerini bizim tabağımıza koyması ve bizim tabağımızdan hiçbir şey almamasıdır." demiş. Çok büyük bir ihtimalle bu tarif bir kız çocuğuna aittir.

– Herkes kendi tabağındakileri yese daha iyi değil mi?

– İki çatal patatesi karına ikram etmen daha az gerçekçi olabilir; ama daha sevgi dolu bir davranış olur.

– Söylediğiniz şeyler zor şeyler değil ama sizi dinlerken nedense bunların çoğunu bugüne kadar yapmadığımı fark ettim.

– Hayat çok kısa, zaman çok hızlı geçiyor. Hayat arkadaşınla geçirecek ne kadar zamanın var, bilmiyorsun. Sonra bir gün dönüp bakarsın, birbirini kırarak koskoca ömür geçmiş, geri dönüşü yok.

– Çok doğru, hayatın geri vitesi yok, hep ileri gidiyoruz. Geçtiğimiz yollara dikkat etmemiz lazım.

– Bu haftaki görüşmemizi gerçek bir hikâye ile bitirmek istiyorum.

Çok sevdiğim yaşlı bir teyzemiz vardı. Ağır bir kanser türüne yakalandığını duyunca ziyaretine gittiğim... Yerinden pek zor kalkıyordu ama pek bir mutlu gördüm. Konuştukça sebebini anladım. "Kızım amcan bana çok hizmet ediyor, etrafımda dört dönüyor." derken tatlı tatlı gülümsüyordu. "Hizmet ediyorsa seviyor." demektir bu kadın için. Bir yandan da sanki keyfinden yatıyormuş gibi kocası hizmet ettikçe mahcup oluyordu.

Dermanı olsa yerinden kalkıp işlere koşturacak. Kadıncağız hayatı boyunca sert tabiatlı kocasından şefkatin "ş" sini görmemişti. Kocasının elinden bir bardak su içmemiş, ona hep hizmet etmiş bir hanımefendiydi. Kocası, karısının birden bire elinden kayıp gittiğini görünce hastalığında karısıyla çok ilgilendi. Fakat son pişmanlığın kimseye bir faydası yok.

OTUZ ALTINCI ADIM

— *Eşine karşı anlayışlı ol.*

— Bir erkek karısını anlamak için uğraşmamalı, anlayışlı olmalı, demiştiniz.

— Önceki haftalarda bu konuya kısaca değinmiştik; fakat kadın erkek ilişkilerinde önemli bir adım olduğu için bugün ayrıca konuşalım istiyorum. Kadınların en çok dertlendikleri konulardan biri "Ben iyiysem kocam iyi, ben kötüysem kocam kötü" derler. Bunda biraz gerçeklik payı vardır. Kadının yüzü asılsa, erkek hemen üstüne alır. Kadınların üzülme hakkına saygı duymak lazım.

— Öyle bir hakları mı var?

— Evet. Kadınlar duygusal oldukları için çabuk üzülür, çabuk da sevinirler. Çabuk ağlarlar çabuk da gülerler.

— Aman ağlama konusunu açmayın. Gözyaşları kadınların silahı derler ya bence geri tepen bir silah bu. Şirin, olur olmaz şeylere ağlayınca ben sinir oluyorum.

— Kadın psikolojisini bilmediğin için sinir oluyorsun. Kadınlar erkeklerden daha fazla ağlarlar. Ağladığı için karını aşağılama. Kadınların gözyaşları ne zayıflık alametidir ne de silah. Hayata duyguları ile bakan bir varlığın gözlerinden de duygu damlalarının dökülmesi planlı ve isteyerek olmaz. Genellikle kontrol dışıdır. Kadınlar ağlayarak stres atarlar.

— Beni etkilemek için ağladığını düşündüm hep.

— Alıngan olma, anlayışlı ol. Kadınlar, her ay gelen özel günler öncesi, biraz daha stresli olabilirler. Özel durumundayken, hamileyken ve doğum sonrası daha çok hassas olurlar, durup dururken ağlayabilirler, bu durumda erkeğin biraz daha anlayışlı olmak için gayret etmesi gerekir.

– Kadınlar, olur olmaz şeylere de üzülüyorlar. Mesela karım geçen hafta, komşunun halasının derdine üzülüyordu. Ona ne ki!

– Kadınların üzülme haklarına saygılı olmak gerekir. "Bunda üzülecek ne var, sana ne, ne diye ona üzülüyorsun?" gibi sözler kadını iyice üzer ve eşinin onu hiç anlamadığını düşündürür. Kadınlar erkeklere göre daha duyarlı ve hassas yaratılmış. Kadın hem kendi mutlu olmak ister, hem de etrafını mutlu görmek ister. Bu yüzden başkalarının dertlerine de üzülür.

– Bilmiyorum, bir erkeğin bunu anlaması biraz zor.

– Zaten anlaman gerekmiyor, anlayışlı olman yeterli.

– Tamam. Karımın üzülme ve ağlama hakkına bundan sonra saygılı olacağım. Ama siz de ona söyleyin, üzülme hakkını kısa tutsun, suratını çok asmasın.

– Sen üzerine gitmezsen, zaten uzatmaz. Sadece neden üzüldüğünü sor, onu dinle, üzüntüsü sana saçma geliyorsa, hiçbir yorum yapma, bu ona yeter. Bir hatası olduğunda yaptığı bütün güzellikleri devirip dökme. Her zaman yapmadığı bir hataysa büyük de olsa idare et, anlayışlı olmaya çalış.

– Sizi dinledikçe bugüne kadar en çok hatayı, onu anlamaya çalışarak yaptığımı fark ediyorum. Onun yerine anlayışlı olsam sorunlar azalacakmış.

– "Eşimle Tanışmayı Unutmuşuz" kitabında "Yüzde seksen" diye bir hikâye var. Yakın arkadaşımın başından geçen bir olayı anlatmıştım. Arkadaşım, akşamları gezmeyi seven fakat söylediği vakitte eve gelmeyen kocasına, bir gün kızıp kapıyı açmıyor, telefonları da kapatıp yatıyor.

– Kadınların arada bir delilikleri tutuyor.

– Duygusal zekâ arada bir patlama yapabilir. Arkadaşım da uzun zaman sabrettiği bir konuya o gün patlamış. Kocası gece

Muhabbet Olsun

vakti sokakta kalıyor, kendi memleketlerinde yaşamadıkları için gidecek bir akrabası da yok. Otele gidiyor fakat canının sıkıntısından yatağın örtüsünü bile açmıyor. Sabaha kadar oturup sigara içiyor. Ertesi sabah evine geliyor ve hiçbir şey yokmuş gibi normal davranıyor. Eşi çok şaşırıyor. O çok kuvvetlisinden bir kavga bekliyor.

Kocasına "Dün akşam yaptığıma kızmadın mı?" diye soruyor. O da "Kızdım, hem de bütün gece sana çok kızdım; fakat sabaha doğru düşündüm de sen yüzde seksen iyi bir kadınsın. Şimdi bir hatan oldu diye, yüzde yirmi hataya bakıp, senin yüzde seksen iyiliğini devirip dökmek istemiyorum..." demiş.

– Çok güzel bir bakış açısı bu. Genelde kızdığımız zaman iyilikleri gözümüz görmez, her şeyi devirip dökeriz. Sonra ne kadar toplamaya çalışırsak çalışalım toparlayamayız. Kendim yapabilir miyim bilmiyorum ama çok beğenip takdir ettim beyefendiyi.

– Kırk yıllık evliliklerini aşkla götüren sevdiğim bir aileye muhabbetlerinin sırrını sordum. Beyefendi "Birimiz bağırdığında diğerimiz mutlaka sustuk. Kim haklı kim haksız diye hiç bakmadık." dedi.

– Ailede hak davası gütmemek gerçekten çok önemli.

– Bu haftayı da yaşanmış küçük bir hikaye ile tamamlayalım.

"Maneviyat sultanlarından biri, evlendiği hanımın huysuz ve geçimsiz olduğunu anlamış. Kendine göre bir tedbir düşünmüş.

Hanıma demiş ki:

'Görüyorum ki sen biraz hırçın ve sabırsızsın. Ben de bu hallere karşı hassas bir insanım. Seninle bir anlaşma yapalım. İkimiz birden kızmayalım. Ben kızınca sen sabret, sen kızınca ben sabredeyim. Böylece birbirimizi idare edip gidelim.'

Hanım da teklifi kabul etmiş. Bu anlaşma sayesinde iyi geçinmeyi başarmışlar."

OTUZ YEDİNCİ ADIM

– *Muhabbete düşman huylardan kurtul.*

– Bütün kötü huylar muhabbete düşmandır herhalde.

– Haklısın fakat bazı huylar özellikle muhabbete engel olur. Bunların ilki kibirdir. Kibir sevginin düşmanıdır. Şeytanın cenneti ve rahmeti kaybetme sebebidir.

– Kibirli olmadığımı düşünüyorum ama tabi insan bazen kendinin farkında olmayabiliyor.

– Tevazu çok önemlidir. Kibirli insanla muhabbet etmek hiç kolay değildir. "Araya sevgi girdiğinde insanlar eşitlenir." diyor Mevlana. Kibirli insan hiç kimse ile, hele de karısı ile eşitlenmeyi istemeyeceği için onunla muhabbet etmek zordur.

– Hz. Ali "Üç şey muhabbete vesile olur." diyor. "Güzel Ahlâk, Yumuşaklık, Tevazu" .

– Yumuşaklık ve tevazu da güzel ahlâkın içinde değil mi?

– İçinde ama zannediyorum muhabbet için yumuşaklık ve tevazunun önemine dikkat çekmek için ayrıca söylemiş. Muhabbet etmek için bu ikisi özellikle çok önemli. Çünkü kendini beğenmiş, sert, ters, aksi adamla muhabbet edilmez.

– Ev içinde kadında gurur, erkekte de kibir olmamalı.

– Çok doğru söylüyorsun. Çünkü çiftler ne kadar birbirini severse sevsin mutlaka tartışmalar, kırgınlıklar olacaktır. Kırgınlıklar gurur ve kibir yüzünden küskünlüğe dönüşüyor. Ben özür dilemem o dilesin, beklentileri gurur ve kibir yüzündendir.

– Bunu yapıyoruz doğrusu. İlk adımı ben hep eşimden bekliyorum. Haksız olduğumda aslında benim adım atıp, özür dilemem lazım ama ben haksız da olsam Şirin'in özür dilmesini istiyorum. Bu yüzden kırgınlıklarımız çok uzuyor.

– Muhabbete engel, ikinci kötü huy, alınganlıktır. Erkeklerde alınganlık huyu çok var. Erkekler, kadın fıtratını bilmiyorsa, kadınların kendine has davranışlarını üzerlerine alınıp kırılıp küsebiliyorlar. Bu yüzden erkeklerin, kadın psikolojisi hakkında bilgi sahibi olması çok önemli.

– Ben sizinle görüşmeye başladıktan sonra kadınlar hakkında aldığım bilgilerden çok faydalandım. Şirin'de sinir olduğum bazı davranışlara şimdi daha anlayışlı bakabiliyorum.

– Muhabbete engel, üçüncü kötü huy, bencilliktir. Kadınlar için insanlar ve ilişkiler önemlidir. Kadınlar dünyaya annelikle donanımlı geldikleri için, ilişkilerde daha vericidirler ve empati yapmaya yatkındırlar. Erkekler ise bencilliğe daha yatkın oluyorlar. Toplum olarak da erkek çocuklarımızı yetiştirirken çok hatalar yapıyoruz.

Erkek çocukları erkekliği sadece iyi bir meslek ve para kazanmak zannediyorlar. Onlara sevdiklerini düşünmeyi öğretmiyoruz. O zamanda evlilik içinde erkek sadece kendi rahatını, kendi keyfini düşünebiliyor. Karısının ve çocuklarının duygusal ihtiyaçlarını göz ardı edebiliyor. Hatasının farkında da olmuyor.

– Hatasının farkında olmuyor, deyince aklıma bir fıkra geldi. İsterseniz bu haftaki fıkra da benden olsun.

– Olur tabi, memnun olurum.

– Karısının söylenenleri duymadığından yakınan yaşlı adam, doktora akıl danışmış. Doktor sağırlığın ne derecede olduğunu anlamak için, bir sınama yapmasını önermiş.

Adam, karısı mutfakta yemek yaparken beş adım arkasında durup "Yemekte ne var karıcığım?" diye sormuş.

Karısının cevap vermediğini görünce bir adım, bir adım daha beş kez sormuş. En son kadın öfkeyle adama dönüp bağırarak "Niye durup durup aynı şeyi soruyorsun? Tam dört kez haşlama tavuk var diyorum, sağır mısın? demiş."

Meğer sağır olan kocanın kendisiymiş.

– Güzel fıkraymış, bencillik konusuna çok güzel uydu. Evlilik içinde de bazen erkek, kendi hatalarının farkında olmuyor ve bütün sorunları ve anlaşmazlıkları karısından biliyor, ona kızgınlık duyuyor.

– Bu haftaki görüşmemizin bitiş cümlesini de bu kez ben söyleyeyim o zaman, bakalım söylediklerinizi doğru anlamış mıyım? Evlilikte herkes kendi hatalarını görüp, kendi hatalarını düzeltmeye çalışırsa sorun kalmaz.

– Aynen öyle.

OTUZ SEKİZİNCİ ADIM

– *Maddi konularda eşinin de fikrini al.*

– Para konusunu eşime bırakırsam batarız. Kadınlar para harcamayı bilmiyor.

– Kendi eşine bakarak bütün kadınları genelleme. Evet kadınlar para harcamayı sever, alışveriş yaparak stres atarlar. Ama gayet iktisatlı, evin bütçesini düşünerek, neyi nereye harcayacağını bilen kadınlar da çok var.

– Şirin, nerde indirim yazısı görse, büyülenmiş gibi o tarafa gidiyor. Aslında hiçbir şeye ihtiyacı yok. On yıl alışveriş yapmasa evdekiler ona yeter.

– Kadınların ve erkeklerin giyim ihtiyacı farklıdır. Kadınlar küçük şeylere önem verdikleri için giyinirken, takı toka gibi aksesuarların, ayakkabı çanta gibi ihtiyaçların, kıyafete uyumuna dikkat ederler. Erkeklerin böyle dertleri yoktur. Bu yüzden bir erkek kendi ayakkabı ihtiyacı ile eşinin ayakkabı ihtiyacını kıyaslamamalıdır.

– Zaten kıyaslamak mümkün değil. Kıyas kabul edemeyecek kadar büyük bir fark var. Alışveriş konusunda pek anlaştığımızı söyleyemeyeceğim.

– Sen para harcama konusunda Şirin'e ön yargılı bakıyorsun gibi geldi bana. Erkeklerin de harcama konusunda tutarsızlıkları var. Mesela bazı erkekler kendine para harcarken çok da düşünmezken, eve bir ihtiyaç alınırken en ucuzunu almaya çalışır ve karısını sinir eder.

– Bakın o konuda öyle değilim. Mutfak alışverişinde, yiyecek içecek işlerinde, en kalitelisini, en iyisini almayı tercih ederim. Beslenmemiz öncelikle çocuklarımızın sağlığını etkiliyor.

– Ben özellikle ev eşyaları, elektrikli ev aletleri gibi daha çok eşinin kullandığı eşyaları alırken onun fikrini almanı kast etmiştim. Ev eşyaları insanın ömründe birkaç kez değişir. Kalitelisini ve eşinin işini kolaylaştıracak olanı alırsan, eşin daha az yorulur ve zamanı artar. Bu yüzden ev aletleri alınırken, biraz bütçeni zorlasa da onun istediğini almaya gayret etmen iyi olur.

– Birkaç ay önce ütü bozuldu ve yeni ütü alırken birbirimize girdik. Gitti en pahalısını seçti.

– Eski ütüyü kaç yıl kullandınız biliyor musun?

– En az beş yıl falan kullanmışızdır herhalde.

– Kalitesiz bir ütü ile kadın, iyi bir ütüyle yarım saatte yapacağı ütüyü, ancak iki saate yapabilir. Ya da küçük bir buzdolabı pek çok yiyeceğin çöpe gitmesi demektir. Ya da küçük bir çamaşır makinesi, bir kerede yıkanabilecek çamaşırların birkaç seferde yıkanması demektir. Aslında uzun vadede bakıldığı zaman kaliteli eşya alan erkek, daha kârlıdır. Kaliteli eşyalar daha uzun yıllar kullanılır ve daha ekonomiktir. Hatta kadın, bütçeyi düşünerek, kalitesiz eşya seçmiş olsa bile erkek onu kalitelisini alması için teşvik etmelidir.

– Doğrusunu söylemek gerekirse hep ucuz olanı tercih ettim bugüne kadar.

– Şirin de her kullandığında kulağını çınlatıyordur herhalde. Kadınların ömrünün çoğu evinde ev eşyaları ile geçiyor. Bu yüzden evle ilgili konularda eğer erkeğin bütçesini fazla zorlamıyorsa kadının istekleri ön planda olmalı. Eve alınan eşyalar, duvar boyasının rengi, yeni ev yapılıyorsa içinin yer döşemeleri, dolapların rengi, fayansların seçimi gibi konularda evin hanımının seçimlerini tercih edilmeli.

– Haklısınız. Aslında karımın istediği şeyi almazsam nasıl oluyor anlamıyorum ama aldıklarım kısa zamanda bozuluyor, sonra onun istediği eşya gelip baş köşeye kuruluyor.

– Bu haftayı da bir fıkrayla bitirelim o zaman.

Adam kitapevindeki tezgâhtara: "Siz de kadınlara karşı zafer kazanan erkekleri anlatan bir kitap var mı?" diye sormuş.

Tezgahtâr eliyle az ötesini işaret etmiş.

– Var efendim, orada masal kitapları bölümünde bulabilirsiniz.

OTUZ DOKUZUNCU ADIM

– *Sorunları görmezden gelme.*

Erkekler sorun olduğunda, kaç ya da savaş, yöntemini kullanıyorlar. Ya sorunları görmezden gelip sorunlardan kaçıyorlar. Ya da eşiyle gizli bir savaşa giriyorlar.

– Bir erkek, kadınla girdiği savaşta yenilmeye mahkumdur. Dil, diye otomatik silah kadar hızlı çalışan, hançer gibi keskin olan ve saplandığı yerde derin yara açan bir silaha sahip olan biriyle savaşa girmek, kaybetmeyi baştan kabullenmektir. O yüzden ben karımla asla savaşmam. Sorunları görmezden gelmeyi tercih ederim.

– Sorunlardan kaçmak da sorunları iyice artırıyor. Karı koca birbirinden iyice soğuyor. Oysa erkek evin reisidir ve aileden sorumludur. Aileyi toparlamak, yanlış giden bir şeyler varsa düzeltmeye çalışmak erkeğin görevidir.

– Karımla tartışmaya girmekten çok korkuyorum. O yüzden hiçbir konuyu onunla konuşmak istemiyorum.

– Evlilikte aşırı olmadıkça tartışma arada gereklidir. Sorunların hiç konuşulmaması, açığa çıkarılmaması, sorunların üstünün kapatıldığını gösterir. Küçük tartışmalar evliliğin tuzu biberidir. Yeter ki kontrolsüz bir öfkeyle, bir daha yüz yüze bakılmayacak, sonradan pişman olacak şeyler söylenmesin.

– Şirin, bir kere bana ne dedi söylesem inanmazsınız; "Sen o dağı benim aşkımdan delmedin, meşhur olup yüzyıllarca adın aşk kahramanı diye anılsın diye vurdun o kazmayı dağlara." dedi. Bu beni çok yaraladı.

Muhabbet Olsun

– Çok yanlış bir söz saf etmiş. Sana çok kızmış olmalı.

– Ona göre suçum büyüktü. Ertesi günü misafiri geleceği için akşamdan pasta yapacakmış. Pasta yapabilmesi için süte ihtiyacı varmış, gece vakti beni markete göndermeye çalıştı. Ben gitmeyince hanımefendinin canı sıkıldı. Onun aşkından dağları delmiş olsaymışım, iki adımlık markete gitme üşenmezmişim. Seven adam, gece vakti karısına süt lazım olursa, değil marketten hazır süt almak, gerekirse inek bulup, sağıp taze süt getirmeliymiş. Bu yüzden ben dağları onun aşkından değil, şöhret merakımdan delmişim.

– Ben arada tartışma gerekli derken, böyle ipe sapa gelmez konuları kast etmemiştim. Kadınlar küçük şeyleri abartmayı severler. Böyle konularda erkek susmalı ve ağırlığını korumalı, cevap vermemelidir. Fakat gerçekten konuşulması gereken önemli konular, sorunlar içtenlikle konuşulmalı, duygular, hisler anlatılmalı, gerekirse tartışılmalı.

– Size bir sır vereyim. Şirin hata yaptığında değil de kendim hatalı olduğumda daha çok tartışmaya giriyorum. Geçenlerde bir kitapta okudum "Erkekler hata yaptıklarında özür dilemek ya da üzgün olduğunu söylemek yerine savunmaya geçmeyi ve tartışmayı tercih ediyorlarmış." Onu okuyunca yaptığımı daha iyi fark ettim.

– Erkekler hatalarını itiraf etmeyi ve özür dilemeyi bir güç kaybı ve zayıflık gibi algıladıkları için özür dilemekten ve hatalarını kabul etmekten kaçınıyorlar. Oysa erkek, hatasını kabul ettiğinde karısının gözünde yücelir. Kadın için bu sevgi itirafıdır.

– Ben biraz da öfkemi kontrol edememekten korktuğum için, onunla tartışmaya girmeye çekiniyorum.

– Öfkenin sebebi çoğu zaman biriktirilmiş kızgınlıklardır. Kadınlar konuşarak kızgınlıklarını dışarıya atarken, erkekler konuşmayı pek sevmedikleri için kızgınlıklarını içlerine atıp biriktiriyorlar. Eşine kırıldığın zaman bunu konuşmaktan çekinme. Erkeklerin de kalbi var, duyguları var, duygularını göstermek, eşinin gözünde değerini azaltmaz, tam aksi artırır.

– Biz erkeklere yıllarca duygularımızı göstermenin zayıflık olduğu telkin edildi. Erkekler ağlamaz, erkekler her zaman güçlü olur derken, kendimizi bir kalkanın içine aldık.

– Gösterilmeyen duygular ya öfke patlamalarına ya da erkeğin gizli küskünlüğüne sebep oluyor. Çocukken bile kadın erkek farklılıkları çok açıktır, gözlenebilir. Erkek çocukları ilgi görmeyince ya küserler ya hırçınlaşırlar. Kız çocukları ise ilgi görmeyince yaygara yaparlar, ağlarlar, dikkat çekip ilgi toplamaya çalışırlar.

– Koskocaman olduklarında bile aynı yöntem devam ediyor desenize.

– Yaşı kaç olursa olsun her kadının içinde bir kız çocuğu vardır. Her erkeğin içinde de hiç büyümeyen bir erkek çocuğu vardır. Kadın ve erkek birbirlerine, bunu unutmadan davranırlarsa aslında pek çok sorun da çözülür.

– Bu söylediklerinizi unutmayacağım.

– Bu haftaki görüşmemizin sonuna geldik. Haftaya son adımla görüşmemizi bitiriyoruz.

KIRKINCI ADIM
— Sevmeyi bil.

"Sevmek keman çalmak gibidir. Bilmeyen, kötü sesler çıkarır." diye güzel bir söz vardır. Ancak keman çalmayı bilen, ondan harika sesler çıkarır. Sevmeyi bilen de sevgisinin karşılığını görür.

Bir çiftçiye, ineğin ne kadar süt veriyor, diye sormuşlar.

"İneğim hiç süt vermez, sütü ondan ben alırım." demiş.

– Sevgiyi almak için çaba harcamak gerekiyor yani.

– Evet. Sevgi fakiri olmamak lazım. Sevmek kolay, önemli olan, sevmeyi bilmektir. Sevmeyi bilen kendi hoşuna gittiği gibi değil sevdiğinin hoşuna gittiği gibi sevebilendir. Sevmek, sevdiğimiz için, içimizden gelmeyen şeyi yapabilmektir. O zaman sevginin bir anlamı olur.

– Kadınla erkeğin sevgi dilleri farklı değil mi? Bunu çok iyi anlatan bir fıkra var.

Gece karı koca birlikte olduktan sonra adam sırtını dönmüş uyuyacakmış. Kadın:

"Kocacığım beni seviyor musun?" diye sormuş.

Kocası: "Az önce sevdik ya!" diye cevap vermiş.

– Erkeklerin sevgi dilleri genellikle cinsellikken, kadınların sevgi dilleri güzel sözdür. Tabi istisnalar her zaman vardır.

Hz Mevlana'nın bir sözü var. "Ey gönül bahar mevsiminde kural budur. Önce kedi miyavlar, sonra bülbül öter." Erkek miyavladığında eşi gelir; ama erkek bülbül olmayı unutur, hep miyavlamaya kalkarsa, bir süre sonra eşi kedilikten istifa edip fare olur, kocasından fellik fellik kaçar. Erkek de karısını kovalarken, baharı kaçırır hep kışı yaşar. Görmeyi bilenler için tabiatta insana çok örnek var.

– Gerçekten güzel bir örnek.

– Bir erkek karısına nasıl dokunması gerektiğini bilmeli. Kadınların derileri erkeklere göre daha ince olduğu için daha hassastır. Ayrıca kadınların kasları, erkeklerin kaslarının yarısı kadardır. Bu yüzden eşine sert dokunma çünkü acıyı senden fazla hisseder. Canı yandığında "ne var bunda, her şeyi sorun ediyorsun, hafifçe dokundum" deme, senin hafif dediğin onun canını yakmıştır.

– Bunu bilmiyordum. Şirin'le bunun tartışmasını çok yaptık. Ben huysuzluğundan "canım yanıyor" dediğini düşünüyordum.

– Ona hafifçe dokunmayı, saçlarını okşamayı, elini tutmayı, cinsellik olmadan sarılmayı unutma. Ona her sarıldığında yatağa atmaya çalışırsan senden uzak durmaya başlar. Bir erkek için bunu yapmak biraz zor olabilir ama sevgi emek ister, gayret ister, fedakârlık ister. Sen karının sevgi ihtiyacını giderirsen, o da karşılığını sana kat kat verecektir.

– Bunun için mi acaba Şirin'e ne zaman sarılsam, kollarımdan bir bahaneyle kayıp gidiyor?

– Kadınlar sarılmayı, dokunmayı çok severler. Bundan kaçınıyorsa senin niyetinden şüphelendiği için olabilir. Evlilikte cinsellik önemli, olacak tabi ki ama önce kadının bedenine dokunmadan gönlüne dokunmayı bileceksin.

– Gönlüne dokununca da, menfaatcisin diyor.

– Sadece onunla birlikte olmak istediğin akşam ona iyi davranıp, tatlı sözler söylüyorsan o zaman böyle söylüyor olabilir. Çünkü pek çok kadın bundan şikayetçidir.

Bu konuda küçük fıkra da ben anlatayım.

Adam gece karısının yanına yaklaşmış.

– Hanımiş benim tatlı karım, kocasına hazır mıymış? demiş.

Kadın:

Muhabbet Olsun

— Bir banyoya gidip geleyim öyle, demiş.

Kadın banyodan dönerken ayağı halının ucuna takılıp düşmüş. Kocası endişe içinde ayağa fırlamış.

— Bir şey oldu mu birtanem iyi misin? diye sormuş.

Kadına bir şey olmamış. Birlikte olduktan sonra kadın banyoya gitmiş. Dönerken yine ayağı halının aynı yerine takılmış, düşmüş.

Kocası:

— Yetti beee, önüne baksana dikkatsiz kadın! diye bağırmış yattığı yerden.

Ferhat güldü.

— Beni hem güldürdünüz hem düşündürdünüz. Böyle yapıyor muyum acaba diye kendimi sorguladım.

— Küçük şeyler kadınlar için önemlidir. Küçük güzellikler de tatsızlıklar da gözlerinden kaçmaz. Erkek yaptığının belki farkında bile olmaz ama böyle bir davranışı ile karısını çok yaralayabilir. Kadınlar için küçük şeyler, çoğu zaman büyük şeylerden daha önemlidir. Karına araba alman değil, anahtarı verirken ona söylediklerin ya da yüz ifaden önemlidir. Araba aldığın için o gün sevinir ama söyleyeceğin iki tatlı sözü, her hatırladığında ömür boyu gülümser.

— Kadınlar küçücük şeylerle mutlu olabiliyorlar da biz erkekler de küçük şeyleri hep unutuyoruz.

— Erkeklerin küçük şeylere dikkat etmesi için özel gayret göstermesi lazım. Erkeklerin küçük gibi gördükleri bazı şeylerde aslında çok büyük ve önemli şeyler olabiliyor. Mesela temizlik kuralları evlilik hayatı içinde bir detay gibi görünüyor ama çok önemli. Diş temizliği, ağız kokusu çok önemli. Tırnak temizliği önemli. Erkek, gündüz iş yerinde soğan sarımsak yiyorsa eşine yaklaşmadan önce ağız kokusunu bastıracak çareleri de bulmalı. Varsa bıyık sakal bakımı önemli. Eve ter kokusu ile geliyorsa duş alması, eşinin hoşuna gidecek güzel koku kullanması önemli.

– Bu saydığınız şeyler bence de detay değil, çok da önemli şeyler. Kadın da erkek de temizliğe özen göstermeli. İnsan evlendikten sonra, bedeni sadece kendini değil eşini de ilgilendiriyor.

– Son adım olarak konuyu toparlamaya başlayalım. Bir erkek sevmeyi bilmeli, karısının bedenine ve gönlüne nasıl dokunması gerektiğini öğrenmeli.

– Kadın gönlünün anahtarının tatlı sözler olduğunu öğrendim.

– Kadının gönlüne girdikten sonra, bir tahta sahip olmak istersen, birkaç küçük şeye daha dikkat etmen gerekiyor. Karınla konuşurken talimat vererek değil, ricalarla konuşursan, teşekkürü unutmazsan, seve seve sana hizmet eder, seni başına taç eder. "Bir çay getir!" demenle "Canım bir çay getirir misin?" demen arasında kadın için çok büyük farklılık vardır. İkisinde de getirir ama güzel bir şekilde istediğinde seve seve yapar. Sen de çayı daha keyifli içersin.

– Her zaman çayın tadı aynı olmuyor, belki de sebebi bazen isteksiz yaptığı içindir.

– Güzel sözler, tatlı espriler, birlikte gülüşmek muhabbetinizi artırır. Fakat espri yapayım derken çam devireceksen, kalbini kıracaksan hiç yapma. "Fındık akıllı karım" gibi saçma sapan bir cümleyle eşine sevgisini göstermeye çalışan bir koca duymuştum.

– Bu söz espri falan değil, açıkça hakaret etmek. Bir kere ben bir hata yapıp Şirin'e soğuk bir şaka yapmıştım, bir hafta benimle konuşmadı. Bir sevgililer gününde, iş yerimde küçük süslü bir paket buldum. Aklıma Şirin'e şaka yapmak geldi. Paketin içine bir kitap ayracı koyup güzelce paketleyip eve götürdüm. Şirin paketi görünce pek heyecanlandı. Paketi açıp içindekini görünce, hiç gülmediği gibi, çok bozuldu. Onunla dalga geçtiğimi düşündü oysa sadece şaka yapmak istemiştim.

– Hatalar insanlar içindir. Hata yaptığında ona sarılıp, gözlerinin içine bakıp, onu çok sevdiğini söylersen sevginiz canlanır ve hataları temizler.

Muhabbet Olsun

Çok güzel bir hanıma, yakışıklı ve zengin olmayan kocası için "Sen bu adamı nasıl beğendin de evlendin?" diye sormuş bir arkadaşım. O da şöyle cevap vermiş. "Onun gözleri çok güzel, siz onun gözlerini hiç benim kadar yakından görmediğiniz için güzelliğini de göremiyorsunuz." demiş.

Aslında dışarıdan bakıldığında adamın gözlerinin de güzel diyecek bir özelliği yok. Fakat kadın o gözlerin içinde, eşinin kendine olan aşkını, sevgisini gördüğü için, o gözler de kocası da ona gerçekten çok güzel geliyor.

– Dağı delmek işin en kolay kısmıymış. Meğer sevmek kolay, sevgiyi yaşatmak zormuş.

– Son adımımızı, bir zamanlar defterime not almış olduğum küçük bir misalle tamamlayacağım.

"Hayat, havaya attığımız beş topla oynanan bir oyundur. Bu toplardan biri lastik, diğer dört top camdandır. Bu toplar: Kendimiz, ailemiz, sağlığımız, dostluklarımız, işimizdir.

Bunların içinde, lastik top; işimizdir. Diğerleri camdandır, kırılınca yerine yenisi konmaz. Oysa hepimiz o lastik topu tutmak uğruna, diğerlerini kırıp döküyoruz."

– Çok güzel bir misalmiş, sizden çok şey öğrendim. Keşke bunları öğrenmek için bu kadar geç kalmasaydım. Fakat hatanın neresinden dönülürse kârdır. Size çok teşekkür ederim. Zaten görüşme başladığı ilk haftadan beri evimizde çok şey değişti. Çok mutluyuz.

– Gönül ocağının yakıtı, muhabbet ateşidir. Muhabbet ateşi, sönmeye başlarsa, yürekler buza döner.

Aşkın ateşi geçtiğinde, muhabbet varsa, sevgi yürekleri ısıtmaya devam eder. Bu yüzden her şeyden önce muhabbeti kaybetmemek lazım. Muhabbetin ateşini canlı tutmak için, muhabbete hizmet etmek gerekir. Muhabbet ateşini beslemek lazım ki sıcaklığı, yüreğinizi ve yuvanızı ısıtsın.

Sema Maraşlı

Kırkıncı haftada, kırkıncı adımda sizinle görüşmemiz bitti. Siz bana teşekkür ettiniz, ben de size teşekkür ederim. Sevginiz için, evliliğiniz için, çaba sarf ettiniz, adımlar attınız. Yüzyıllar önce büyük bir aşkla, kavuşmanıza engel olan aranızdaki dağları kaldırmayı başardınız, yüzyıllar sonra aynı gayretle, bu kez aranızdaki buz dağlarını kaldırmayı başardınız. Biz de sayenizde sevgi nelere kadir onu gördük. Teşekkür ederim.

❖ ❖ ❖